Zwei
Kriminalromane

Delikte
Indizien
Ermittlungen

DIE

Reihe

Ein Schleier des Unheimlichen, Rätselhaften schwebt über den Ereignissen. Man weiß, ein Verbrechen wird geschehen. Man weiß nicht, welcher Art, wer das Opfer sein wird und wer der Täter. Im „Ziegenhirten" erlebt der Leser fasziniert mit, wie ein Mensch in schicksalhaften Verstrickungen nur noch im Verbrechen einen Ausweg sieht.
In „Die letzte S-Bahn" sieht sich Hauptmann Simosch vor einen fast unlösbaren Fall gestellt. Aufzuklären ist ein Mord, der in einem öffentlichen Verkehrsmittel verübt wurde. Es finden sich so viele Spuren, doch die eine verwertbare Spur scheint es nicht zu geben. Und auch kein Mordmotiv.

Tom Wittgen

Delikte
Indizien
Ermittlungen
DIE
Reihe

Der Ziegenhirt
Die letzte S-Bahn

Verlag Das Neue Berlin

ISBN 3-360-00212-1

1. Auflage

Lizenz-Nr.: 409-160/253/88 · LSV 7004
Umschlagentwurf: Erhard Grüttner
Printed in the German Democratic Republic
Lichtsatz Karl-Marx-Werk, Graphischer Großbetrieb, Pößneck
V 15/30
Druck und Binden Grafischer Großbetrieb
Völkerfreundschaft Dresden
622 756 9

00200

Der Ziegenhirt

„Wie weit sind Sie mit Ihrem Bericht?" fragte der Hauptmann.
„Bin am Schreiben", erwiderte ich.
„Sie schreiben schon ziemlich lange."
Hauptmann Spitzer nahm die Hand von der Türklinke, trat einen Schritt ins Zimmer und fügte hinzu: „Viel zu lange für meinen Geschmack."
„Es geht nicht um Geschmacksfragen." Ich blickte ihm, der Widerspruch schlecht verkraftete, in die Augen. „Es geht um eine Tragödie. Eine griechische Tragödie, die sich auf dem Boden unserer Republik abgespielt hat."
Von seinem Unwillen zeugte nur die Falte zwischen den Augenbrauen. Seine Stimme klang ruhig, als er sagte: „Sie sind kein Tragödienschreiber, Leutnant Bruck, und das hier ist kein Theater, sondern die Morduntersuchungskommission. Morgen finde ich Ihren Bericht auf meinem Schreibtisch. Die Staatsanwaltschaft wartet."
Schnell und leise wie er gekommen war, verschwand er aus dem Zimmer.
Die Staatsanwaltschaft. Sie würde Klage erheben. Und das Gericht würde ein Urteil fällen. Im Namen des Volkes. Aber Täter und Opfer entstammten einem Volk, von dem wir wenig wissen. Seine Lebensbedingungen sind uns fremd, unzugänglich sein Gefühlsleben, ebenso sein Denken und Handeln.

Der Mann wuchs förmlich aus dem Boden. Eine hagere Gestalt, von ihrem ärmellosen, dreiviertellangen Mantel aus Lammfell zusammengehalten. Er stand auf der Straßenmitte und sah dem Omnibus entgegen, der sich durch Makedoniens Bergwelt eine steile Straße hochplagte. Der Stock, auf den er seine Linke stützte, war knotig, mit einem Knauf nach jahrtausende altem Schnabelmuster geschnitzt. Drei Schritt vor dem Alten quietschten die Bremsen.
„Was ist los?"
Der Fahrer beugte sich aus der Kabine. Er hatte griechisch gesprochen, und der Alte am Weg antwortete in der gleichen Sprache.
„Ein Geschäft." Er zog einen Geldschein aus der Tasche, einen Drachmenschein, für den er nicht weniger als die Räder des Busses und dazu noch die beiden Ersatzräder hätte kaufen können. „Zigaretten."
„Alter Fuchs", sagte der Fahrer und kniff ein Auge zu.
Das Gesicht des Alten blieb unverändert wie die Felswand neben der Straße. Die Türen ächzten auf. Der Alte stieg ein, schwenkte seinen Drachmenschein.
„Ein makedonischer Ziegenhirt", erklärte der Fahrer in deutscher Sprache seinen Gästen, die in ihrem Notizbuch eben den Besuch von Thessaloniki abgehakt hatten und nun hinüber nach Bulgarien reisten: Melnik, Sofia. „Er ist mit seiner Herde wochenlang durch die Einöde gezogen, ohne Menschen zu begegnen. Dabei sind ihm die Zigaretten ausgegangen. Er bittet Sie, ihm ein paar zu verkaufen."
Der Alte nickte, als hätte er die Worte verstanden, und schwenkte noch immer den Drachmenschein. Einige staunten ihn an wie eine Sehenswürdigkeit, die nicht im Baedeker stand, und mit der sie deshalb wenig anzufangen wußten. Andere kramten in Taschen und Portemonnaies, und jemand sagte: „Haben Sie's nicht ein bißchen kleiner."
Er verstand ihre Sprache nicht, und der Fahrer vergaß zu übersetzen. Eine junge Frau hielt ihm eine Schachtel Camel hin.

Sie winkte ab, als er mit dem Geldschein zu ihr hinfuchtelte. Ihre Gefälligkeit löste eine Lawine guter Taten aus. Hände streckten sich ihm entgegen, reichten Zigarettenschachteln, versiegelt, angebrochen, manche boten einzelne Stäbchen an. Er aber stand wie ein Denkmal und hielt ihnen seinen Drachmenschein entgegen.

„Nun mach schon", drängte der Fahrer, „steck dein Geld weg, das keiner wechseln kann, und nimm die Glimmstengel. Sie schenken sie dir."

Flugs verschwanden Geld und Zigaretten in unsichtbaren Manteltaschen. Verbeugung, Aussteigen, Stockschwenken zum Gruß. Der Bus zuckelte weiter.

Manolis Mouriki grinste. Er hatte Zigaretten, hatte sein Geld behalten und sein Gesicht. Er hatte nicht gebettelt. Den Stock hart auf den Boden setzend, schritt er weiter, die Berge im Rücken. Vor ihm, in der Ferne, hob sich aus dem Mittagsdunst Sidirokastron.

Über dem Tal des Strymon-Flusses thront ein Berg, auf dem Berg, zerfallend, doch noch immer majestätisch, die Ruinen einer Festung, die Eisenburg – Sidirokastron. Unter dem Steilhang war ein Städtchen entstanden mit Grünanlagen und Blumen. Es grünte auch an den Hauswänden empor, Blüten hingen von Fenstersimsen, ergossen sich auf Balkone. Dazwischen trocknete Wäsche. Vor den Türen standen Stühle. Abends saßen dort die Alten, schwatzten und schwiegen miteinander. Die Jungen flanierten durch Straßen und Anlagen.

Mouriki schritt vorbei an dem Haus mit der Shell-Reklame, vor dem Autos tankten, durch eine Gasse, in der Zement und Kies lagerten, und er dachte, im nächsten Jahr wird in dieser Stadt mein Kies liegen und mein Haus wachsen. Das Gebäude, vor dem er stehenblieb, war zweistöckig, weiß wie gebleichtes Leinentuch, ohne Blumen, mit bunten Zeichen über dem Eingang. Nikos Mylonas hatte ihm erklärt, es seien Buchstaben, zusammengefügt zu dem Wort *Reisebüro*. Nikos Mylonas aus Thessaloniki kam manchmal mit Touristen hierher, schwatzte griechisch, schwatzte deutsch, redete den Fremden ein, die Mauerreste auf dem Berg von Sidirokastron seien so

bedeutend wie die Akropolis, und die Fremden zahlten für die Besichtigung, um sich nichts Bedeutendes entgehen zu lassen.
Der Fremdenführer Nikos Mylonas war eines Tages mit einer Schar Touristen, denen die vorgeschriebene Reisetour nicht genügte, auf den Bergweiden aufgetaucht. Sie wollten Extravaganz, und Mylonas bot ihnen Sarakatsanen, makedonische Wanderhirten, ihre großgehörnten schwarzen Ziegen, Familien, die nachts bei den Tieren im Freien schliefen und im Winter in Kegelhütten aus Stroh krochen, die Herde in einem Dornenpferch.
Von Touristen wußte Mouriki bislang nur, daß sie ihm Zigaretten zusteckten, wenn er im Bus mit einem großen Drachmenschein wedelte, den sie nicht wechseln konnten. Vor seiner Herde stehend, führten sie sich auf, als seien Ziegen, Weiden, Berge und Himmel darüber etwas Unwirkliches, das nur so lange existierte, wie sie es bestaunten. Später begriff er, daß diese Fremden gefährlich waren. Mit Fragen und Erzählen machten sie die Jungen neugierig auf fremdes Leben.
Zwei Söhne und eine Tochter hatten Manolis Mouriki und seine Frau Duola großgezogen, doch keines der Kinder war bei der Herde geblieben. Georgios, der Älteste, lebte in D., das lag noch weit hinter dem angrenzenden Land Bulgarien in der Deutschen Demokratischen Republik. Dort hatte Georgios geheiratet und ihnen ein Bild geschickt, auf dem er neben einer hübschen blonden Frau saß und ihre Hand hielt. Später traf noch ein Foto ein, da trug die Frau ein kleines Mädchen auf dem Arm. Das sei seine Tochter Jaqueline, hatte Georgios geschrieben.
Die Tochter Stella war mit einem Maurer verheiratet. Gegen den Willen des Vaters. Sie wohnte mit ihrem Mann am Rande von Sidirokastron, wo die Ärmsten leben. Dabei hatte Mouriki einen Ziegenhirten für sie bestimmt, der eine Herde kräftiger gesunder Tiere besaß.
Auch Anastasios, der Jüngste, hatte die Weide verlassen und arbeitete in Sidirokastron in einer großen Gärtnerei.
So wie Manolis Mouriki ging es heutzutage den meisten Hirten. Die Kinder ließen im Stich, wofür und wovon man lebte.

Hielten es nicht aus, ohne lesen zu lernen, Musik zu hören und Filme zu sehen. Der Gesang der Vögel genügte nicht mehr und nicht das Wasser der Quelle. Zu beschwerlich erschien es ihnen, zu Fuß zu gehen, sie wollten fahren. Aber fahren konnten sie weder auf die Gipfel der Berge, wo der Mensch sich frei und erhaben fühlt, noch in die Schluchten, die voller Geheimnis sind und verborgenem Zauber. Warum genossen die Jungen nicht, was die Natur so großzügig bot? Warum zog es sie in die Städte? Warum mußten sie neunmal klüger werden als ihre Eltern?

Fakt blieb, daß Manolis Mouriki keine Nachkommen hatte, die mit seiner Herde weiterziehen würden, wenn er den Stock aus der Hand legen mußte. Er aber wollte nicht sein Leben lang dafür gearbeitet haben, daß die Kinder seine Ziegen verkauften und das Geld in die Städte trugen. Wenn es in die Städte mußte, konnte er es auch selbst hinbringen.

Aus dem Haus mit den bunten Buchstaben trat Nicos Mylonas. Mouriki stellte fest, daß auch an ihm die Jahre nicht spurlos vorübergegangen waren. Sein Haar war ergraut, und er hatte sich einen langen, jetzt weißen Bart stehen lassen. Aber die Augen waren jung geblieben, grau, klug, mit scharfem, spöttischem Blick. Wer wissen wollte, was Nicos Mylonas zu sagen hatte, mußte auf seine Augen achten, nicht auf seine Worte.

Hinter ihm drängten Touristen durch die Tür wie Ziegen aus dem Pferch. In Mylonas Augen las Mouriki, was er zu tun hatte: bleiben und geschehen lassen, was geschah. Dann hörte er Mylonas zu den Touristen gewandt sprechen.

„So sind Sie heute über geschichtlich oft umkämpften Boden gewandert, den schon Philipp von Makedonien beherrschte und von dem aus sein Sohn Alexander der Große ein Weltreich eroberte. In der Neuzeit lastete die türkische Herrschaft hier hundert Jahre länger als im übrigen Griechenland. Aber niemals vermochte sie Gewalt zu erlangen über die Seelen der Menschen. Die christlichen Gemeinden, von Apostel Paulus gegründet, blieben ihrem Glauben treu. Auch dieser Hirte aus den Bergen“ – er wies auf Manolis Mouriki – „ist ein getreuer

Gläubiger der griechisch-orthodoxen Lehre, verpflichtet dem Brauchtum seiner Religion und seines Standes. Hier hat in der Familie der Mann das Sagen, aber auch die Pflicht, zu sorgen für Frau und Kinder. Stirbt er, gehen seine Privilegien und Verpflichtungen auf den ältesten Sohn über ..."
Manolis Mouriki verstand von alledem kein Wort, da deutsch gesprochen wurde, doch sein Instinkt sagte ihm, was diese Fremden von ihm erwarteten. Er stand, die Hand auf den Stock gestützt, doch so, daß man den wertvollen geschnitzten Knauf bewundern konnte, erhobenen Hauptes, das Auge auf die fernen Berge gerichtet, dorthin, wo vermutlich seine Ziegen grasten. Im Blick genau die richtige Mischung von Sorge um die ferne Familie und die Herde – und Erhabenheit über alles, was abseits dieser Besorgnis lag. Sie wagten nicht, ihm Geld in die Hand zu drücken. Sie ließen es in den Seitenschlitz seines ärmellosen Lammfellmantels gleiten. Einige fuhren sich danach mit einem Parfümtuch über die Hände. Der Alte lächelte. Kein dankbarer Bettler, sondern ein König, der huldvoll fälligen Tribut entgegennimmt.
Die Touristen entfernten sich.
„Und nicht vergessen", rief Mylonas ihnen nach, „morgen um zehn Uhr hier vor dem Reisebüro!" Dann wandte er sich dem Alten zu. „Sei gegrüßt, Manolis. Was kann ich tun für dich?"
„Ich habe einen Entschluß gefaßt", sagte Manolis Mouriki.
„Komm zur Steinbank in den Anlagen." Als sie sich gesetzt hatten, sagte er: „Laß hören."
„Ich brauche meinen Ältesten zurück."
„Den Georgios, der in D. wohnt?"
„Ja, den Georgios."
„Er ist ein Stadtmensch geworden und wird nicht mehr zu dir in die Berge ziehen können."
„Er soll mir helfen, ein Haus zu bauen."
„Ein Haus? Hier in Sidirokastron?"
Mouriki nickte.
„Keines meiner Kinder wird die Herde übernehmen. Im nächsten Herbst werde ich verkaufen. Ziegen stehen hoch im Kurs. Ich werde so viele Drachmen haben, daß ich ein Haus bauen

kann. Stellas Mann ist Maurer, er soll darauf achten, daß es ein gutes Haus wird. Aber ich schaffe es nicht allein. Ich brauche Georgios."
„Gut", erwiderte Nikos Mylonas, „dann hole ihn her."
„Er hat mich und seine Mutter eingeladen nach D. zu kommen. Seit vielen Jahren schon und immer wieder. Das Reisegeld liegt auf der Bank. Wir sind nicht gefahren wegen der Ziegen."
„Und nun werdet ihr fahren?"
„Sobald Anastasios, mein Jüngster, Zeit findet, bei der Herde zu bleiben. Das wird im Winter sein, da können sie ihn eine Zeitlang entbehren in der Gärtnerei. Nikos, bitte, schreibe einen Brief für mich. Schreibe Georgios, daß seine Eltern zu ihm kommen nach D."
Nikos Mylonas erhob sich.
„Komm mit in mein Hotelzimmer. Wir setzen den Brief gleich auf."
„Und noch etwas, Nikos. Wenn es soweit ist, daß wir reisen, kannst du uns da behilflich sein, die Billetts zu kaufen und uns zum richtigen Zug bringen in Thessaloniki?"
„Das will ich gern tun. – Hoffentlich ist dein Georgios einverstanden mit dem Hausbau."
„Er ist immer ein guter Sohn gewesen. Er wird es noch sein. Ich muß reden mit ihm."
„Wird auch deine Tochter Stella mit ihrem Mann, dem Maurer, in deinem Haus leben?"
„Nein. So viele Drachmen bekomme ich nicht."
„Deiner Tochter geht es nicht gut. In der kalten Jahreszeit friert sie in ihrer Hütte."
„Warum sorgt ihr Mann nicht besser für sie?"
„Er ist oft ohne Arbeit. Besonders im Winter. Und sie sagt, du hast ihr die Ziegen nicht gegeben."
„Ich hatte für sie einen Mann ausgesucht, der neunzig Ziegen besitzt."
Mylonas wußte, daß damit das Thema beendet war.
„Hoffentlich geht alles gut in D.", sagte er noch.

Am 15. Dezember traf Manolis Mouriki wiederum in Sidirokastron ein. In der Rechten der Stock, in der Linken ein Handköfferchen. Drei Schritt hinter ihm trippelte seine Alte, Duola Mouriki. Sie trug einen Korb mit Proviant, und in ihrer Manteltasche steckten die Reisepapiere. Es war kalt, die Blumenpracht in den Vorgärten und auf den Balkonen war längst dahin. Freudlos wirkten die Häuser im Städtchen. Die Hütten am Rande des Ortes aber boten einen wahrhaft traurigen Anblick.
Die elendste Hütte aber, fand Manolis Mouriki, bewohnte der Maurer, den seine Tochter Stella geheiratet hatte. Wie konnte man nur so dumm sein und einen Hirten ausschlagen, der neunzig Ziegen besaß, um mit diesem Kümmerling von Mann zu leben! Sie liebte Agapi, sagte die Tochter. Na und? Wurde sie satt davon? Mit der Zeit hätte sie auch den Hirten geliebt, wenn er nachts neben ihr lag und ihre Herzen aufgingen im Glanz der Sterne. Oder wenn er ihr vom ersparten Geld ein Wolltuch schenkte. Spätestens aber nach der Geburt des ersten Kindes. Da er ein guter Hirt war, hätte Manolis Mouriki der Tochter auch fünfundvierzig Ziegen Mitgift gegeben. Später hätten Stella und ihre Kinder für die Eltern sorgen können. Warum aber sollte er ihr und ihrem Maurer, der nur eine elende Hütte besaß, noch Ziegen hinterherwerfen? Da mochten sie klagen und Duola, seine Alte, dazu. Die Tochter hatte gegen Brauch und Verstand ihren Willen durchgesetzt, nun mußte sie damit leben.
Als sie vor Agapis Hütte standen, jammerte die Alte hinter ihm. „Was für ein trauriges Los für unsere Tochter. Und sie ist schwanger."
„Agapi ist für sie verantwortlich."
„Du hast ihr keine Ziegen gegeben."
„Wir brauchen die Ziegen für unser Haus. Es wird klein sein, aber fest und mit Blumen vor den Fenstern. Sobald Georgios zurückgekommen ist, verkaufen wir und bauen."
„Ja", sagte die Frau, „wenn mein Ältester zurück ist, werde ich bald in einem guten Haus wohnen."
In der Hütte der Tochter aßen sie mitgebrachtes Ziegenfleisch

und schliefen auf der Erde, wie sie es gewohnt waren. Am folgenden Tag brachte Agapi sie zum Bus nach Thessaloniki. Dort erwartete sie Nikos Mylonas. Er führte sie durch die Stadt, vorbei an Häusern, hoch wie die Felsen im Vorgebirge, vorbei auch an Lehmhütten, kümmerlich wie die Bude der Tochter am Rande von Sidirokastron. Sie stolperten über aufgerissenes Straßenpflaster, unter dem kanalisiert, Kabel und Gasleitungen gelegt wurden, und fuhren mit reklamestrotzenden Omnibussen. Erschöpft und verwirrt von all den Eindrükken schliefen sie am Nachmittag in Nikos Mylonas Haus. Diesmal auf einem Teppich.
Als sie erwachten, drängte Mutter Mouriki darauf, die *Hagios Georgios* zu besuchen, und ihr Mann war darüber ebenso verwundert wie ihr Gastgeber.
„Es ist aber ein Tempelbau aus heidnischer Zeit", sagte Mylonas.
„Es ist eine Kirche, deren Namen unser Sohn trägt", sagte Mutter Mouriki.
Manolis Mouriki war einverstanden, und sie zogen los. Seit sie die Berge und Weiden hinter sich gelassen hatten, spürte Mouriki einen seltsamen Hunger nach Erleben. Die Fahrt mit dem Omnibus, als die Landschaft an ihnen vorüberglitt, im schnellen Wechsel neue Aussicht bietend, genoß er ebenso wie die Schaufenster der Geschäfte, den Tand der Straßenhändler, die Musik aus Mylonas' Radio und nun, am späten Nachmittag, die Lichter der Großstadt, die anders waren als Sternenlicht und Mondenschein und sehr erregend. So viel wie möglich wollte er erleben auf dieser Reise, die einmalig sein würde und von der er zehren wollte in der Einsamkeit der Berge und später in seinem kleinen Haus in Sidirokastron. Warum also sollte er mit seiner Alten nicht auch noch die *Hagios Georgios* besuchen?
Als er das letztemal eine Kirche betreten hatte, war er noch jung gewesen und unverheiratet. Sein Vater, wie dessen Vater und Großvater Ziegenhirt im Menikion-Gebirge, hatte ihn eines Tages in das Kloster des *Hagios Joánnis Pródromos* geführt, das Kloster Johannes des Täufers, verborgen in einer

Gebirgsschlucht. Doch er lauschte nicht den Worten des Mönchs, der sie führte, sondern starrte ein Mädchen an. Sie war schlank, blond, jung wie er, stand vor den Ikonen und erwiderte ab und zu seinen Blick. Sie war das schönste Mädchen, das er je gesehen hatte, und in ihren Augen entdeckte er nichts Abweisendes.

Sie war mit ihrem Vater gekommen, und sie ging zu ihm, als er sie rief. Manolis folgte ihr. Jetzt hörten sie beide dem Mönch zu oder taten, als ob sie ihm zuhörten und liebkosten sich mit den Augen.

Von seinem Vater erfuhr er, daß sie die Ehre gehabt hatten, zusammen mit einem Lehrer aus Serres und dessen Tochter durch das Kloster geführt zu werden. Die Tochter eines Lehrers! Er ein Ziegenhirt, der weder lesen noch schreiben konnte. Ein solches Paar findet im Märchen zusammen. Für die Wirklichkeit war das nichts. Außerdem hatte der Vater ihm schon eine Frau ausgehandelt, Duola, Tochter eines Ziegenhirten nahe der bulgarischen Grenze. Sie war fast noch ein Kind, aber gesund und kräftig und brachte etliche Ziegen in die Ehe mit. Er zog mit seinen Ziegen zu ihren Weideplätzen. Manchmal träumte er noch von der blonden Lehrerstochter, auch dann, wenn er Duola umarmte. Die Träume wurden seltener. Duola war ihm eine gute Frau, gebar ihm drei Kinder und war niemals krank.

Nun ging er mit ihr zur Kirche des Heiligen Georgios, gespannt darauf, was es dort zu erleben gab. Der Raum, den sie betraten, war ein wuchtiger, ungeheuerlicher Kuppelbau. Mouriki tastete nach der Hand seiner Frau, überwältigt von der ehernen Halbkugel mit Sonne und Gestirnen. Ein leichtes Schwindelgefühl erfaßte ihn. Das hatte nichts mit Angst zu tun, war aber wie eine Vorahnung auf Dinge, die unabwendbar auf ihn zukommen würden und die er doch nicht begreifen konnte. Er lauschte zu Mylonas hin, der sein Sprüchlein sagte, mit dem er an dieser Stelle die Touristen zu beeindrukken pflegte.

„Unfaßbar wie der Himmelsraum erscheint uns unser Schicksal. Du mußt mit ihm fertig werden, mußt ihm entgegentreten wie der Ritter Georgios dem Drachen. Sonst wirst du von ihm zerrissen."

Mouriki fühlte die Hand seiner Frau schmal werden und aus seinem Griff gleiten. Die Frau suchte seinen Blick und sagte: „So ist es."

Am späten Abend des 16. Dezember fuhren sie, begleitet von Mylonas zum Bahnhof. In deutscher Sprache gab er für sie ein Telegramm nach D. an den Sohn auf. Dann half er ihnen, im Akropolis-Expreß ihre Plätze zu finden und wünschte ihnen eine gute Reise.

Sie fuhren Tag und Nacht, nur wenn einer von ihnen zur Toilette mußte, wagte er, sich vom anderen und von seinem Platz zu trennen. Ansonsten saßen sie dicht aneinandergerückt, aßen gemeinsam aus dem Korb, der ihren Proviant enthielt und genehmigten sich hin und wieder einen Schluck Yoso. Und immer wachte der eine, während der andere im Sitzen schlief. Zwischen Belgrad und Zagreb befand sich außer ihnen nur ein griechisches Landarbeiterehepaar im Abteil. Sie faßten Vertrauen zueinander, und nun konnten drei langgestreckt auf Sitzbänken und dem Platz dazwischen schlafen, während einer Wache hielt.

Kurz hinter Zagreb fuhr der Zug wegen Gleisbauarbeiten sehr langsam, traf mit Verspätung in Ljubljana ein und hielt dort über eine Stunde, was in mehreren Sprachen, auch in griechisch, angesagt wurde. Viele Fahrgäste stiegen aus, nutzten den Aufenthalt, um Zeitungen, Getränke und Speisen zu kaufen und sich Bewegung zu verschaffen. Trotz aller Neugier verließ Mouriki das Abteil nicht. Ihn beunruhigte die Vorstellung, der Zug könne ohne ihn abfahren.

Das griechische Landarbeiterehepaar stieg in Salzburg aus. Neue Fahrgäste kamen, sprachen aber nicht griechisch. Schweigend, sich mit der Frau nur durch Blicke verständigend, wenn er essen, trinken oder sie auf etwas aufmerksam machen wollte, fuhr Manolis Mouriki nach München.

Es war gegen Abend und bereits dunkel, als er mit Duola den Expreß verließ. Der Zug nach D. fuhr erst in etlichen Stunden. Unschlüssig, wie sie die Wartezeit verbringen sollten,

bummelten Mourikis den Bahnsteig entlang. Plötzlich drangen aus dem Stimmengewirr Worte zu Manolis, die er verstand. Ein junger Mann bat seine Mutter, nicht im Warteraum zu schlafen, sondern mit ihm in die Stadt zu gehen, die interessant sei und sehenswert.
Mouriki gab sich als Landsmann zu erkennen. Die beiden Griechen warteten ebenfalls auf den Zug nach D. Sie spazierten zu viert durch die Stadt. Vater Mouriki erstand trotz des Protestes seiner Frau ein Suppenhuhn, das er in D. dem Sohn schenken wollte. Die Fahrt nach D. wurde ihnen kurz. Der junge Grieche war in der Welt umhergereist und verstand zu erzählen. Auch schrieb er Mouriki die Adresse seines Bruders auf, den er mit der Mutter in der Nähe von D. besuchen wollte. Auf dem Bahnsteig verabschiedeten sie sich.
In der Halle dröhnten Lautsprecher, Züge donnerten herein, spien Menschen aus, die davonhasteten, sich anrempelten, böse Blicke warfen, einander umarmten, lachten.
Gleich wird Georgios uns umarmen, dachte Vater Mouriki. Wie er wohl aussehen mag? Zwanzig zählte er, als er die Weide verließ. Seitdem waren fünfzehn Jahre vergangen.
„Wie soll uns Georgios denn finden?“ jammerte die Frau.
„Er findet uns. Er kennt sich hier aus.“
Auf einer Bank am Ende des Bahnsteigs wurden Plätze frei.
„Komm“, sagte Manolis Mouriki, „wir setzen uns und warten.“
Eine Stunde lang saßen sie auf der Bank, ohne zu wissen, wieviel Zeit vergangen war. Dem Alten schmerzte der Kopf von all dem Lärm. Und vor Enttäuschung. Jeden jungen, dunkelhaarigen Mann, den er entdeckte, starrte er an, erntete abweisende Blicke, neugierige, verständnislose, auch gutmütige. Doch niemand kam auf ihn zu und sagte: Vater ... Angst kroch in ihm hoch. Wenn nun Georgios überhaupt nicht kam? Mußte er hier sitzen, bis der Lärm ihn taub und das hoffnungslose Starren in fremde Gesichter blind gemacht hatten?
„Er kommt nicht“, sagte die Frau neben ihm, „da, nimm den Zettel.“
Verwirrt starrte er auf ein Stück beschriebenes Papier.
„Nun mach doch.“

Der Zettel! Natürlich. In Georgios letztem Brief hatte ein Zettel gelegen. „Den gebt ihr in D. einem Taxifahrer", hatte Mylonas ihnen geraten, „da steht Georgios' Adresse drauf." Wenn er seine Alte nicht hätte! Die dachte an alles. Er stand auf, griff sein Gepäck.
„Komm mit."
„Findest du denn so eine Taxe?" fragte die Frau hinter ihm.
„Pah!" sagte er und dachte: Verirrte Ziegen in einer fremden Felsschlucht suchen, wäre mir lieber.
Kaum hatten sie das Bahnhofsgebäude verlassen, fuhr ein Wagen vor, auf dem sich Licht drehte. Mouriki lief los, drückte dem Mann, der ausstieg und eine Uniform trug, den Zettel in die Hand und wartete. Seine Alte kam heran. Der Uniformierte schmunzelte, reichte den Zettel ins Wageninnere. Lachen. Der Wagen fuhr los, und Mouriki streckte den Arm aus, als wolle er ihn zurückreißen.
„Der Zettel!"
Wenn seine Alte voller Angst oder Empörung war, wurde ihre Stimme hoch und schrill. Der Uniformierte, dick mit rundem, gerötetem Gesicht, sprach auf die beiden ein, tief und beruhigend. Mouriki fürchtete, er werde ihn umarmen und festhalten.
Inzwischen war die weißliche Wintersonne hinter den Häusern verschwunden. Hier dunkelte es anders als auf den Weiden, wo der Tag in die Nacht versackte. Über der Stadt hing ein bläulich grauer Schleier, der langsam dichter wurde und sie in Düsternis hüllte. Endlich kam der Wagen zurück. Hinter ihm bremste ein zweiter. Der Fahrer schwenkte den Zettel, der Uniformierte griff nach Mourikis Gepäck, Mutter Mouriki zeterte, bis sie im Wagenfond neben ihrem Alten saß. Sie fuhren los.
Mourikis musterten Häuser und Straßen, als gelte es, sich den Weg Meter für Meter einzuprägen.
„Es ist nicht so viel Licht wie in Thessaloniki", sagte Mouriki.
„Und es gibt keine Hütten", erwiderte seine Alte.
Der Wagen hielt vor einem wuchtigen, alten Haus mit Erker und zurückgesetzter, schwerer Haustür. Sie stiegen alle drei

aus. Der Fahrer, noch immer den Zettel in der Hand haltend, drehte das Hauslicht an, studierte Namen, die auf einer Tafel standen, und winkte den beiden, ihm zu folgen. Er klingelte in der ersten Etage. Die Tür wurde aufgerissen.
Es war das Mädchen aus dem Kloster im Menikion-Gebirge. Mouriki erkannte ihr Haar, lang, blond, auf dem Rücken zu einem losen Zopf geflochten, und er erkannte die dunklen, lockenden Augen.
„Es ist die junge Frau auf dem Bild neben Georgios", sagte Mutter Mouriki.
Er senkte den Kopf, fühlte sich ertappt und verunsichert. Was war nur los mit ihm? Jenes Mädchen war in seinem Alter gewesen, und diese hier die Frau seines Sohnes. Er hörte sie mit dem Fahrer sprechen, sah, daß sie ihm Geld gab, dann winkte sie den beiden Alten, und sie folgten ihr. Sie redete. Redete und gestikulierte, und Mouriki konzentrierte sich darauf, sie zu verstehen. Er begriff, daß sie Mäntel, Stock und Schuhe ablegen, in weiche Stoffschuhe schlüpfen und durch die geöffnete Tür aus Holz und Glas gehen sollten.
Das Locken in den Augen der jungen Frau war verschwunden, ihr Blick kühl, ein wenig enttäuscht, wie ihm schien. Sie hat nicht uns, sondern Georgios erwartet, dachte er, und sagte es laut, als seine Frau nach dem Sohn fragte.
Ein schriller Ton, der durch die Wohnung zuckte, ließ ihn herumfahren. Schon eilte die Schwiegertochter wieder zur Tür, und er murmelte: „Georgios."
Es war nicht ihr Sohn. Es war ein Fremder. Doch er schien recht vertraut zu sein mit der Frau ihres Sohnes. Strich ihr zur Begrüßung mit dem Handrücken über die Wange. Nahm die Hand erst zurück, als er die beiden Alten sah. Hastig redete die junge Frau auf ihn ein, er nickte ihnen zu, und hängte seinen Mantel ebenfalls an einen Haken im Flur, Mouriki sah, daß der Frohsinn in die Augen der Frau zurückgekehrt war. Sie drängte die Schwiegereltern ins Zimmer und ließ die Tür ins Schloß schnappen.
Gleich hinter der Tür blieben sie stehen. Mouriki mit dem Handköfferchen, die Frau mit dem Proviantkorb am Arm. Sie

atmeten schwere, rauchige Luft. Mouriki spürte wieder dumpfen Schmerz im Schädel. Es war duster, bis auf graue Fenster an der Wand, hinter denen Lichtstreifen vorbeizuckten. Die Dinge im Raum versanken in spannende Undeutlichkeit. Mouriki suchte die Hand seiner Frau. Ihre Finger umklammerten sich hilfesuchend.
Plötzlich ein leises Klicken, grelles Licht strahlte aus. Sie kniffen die Augen zu, hörten ein feines, freundliches Lachen neben sich, hoben langsam die Lider und sahen das Kind. Es war zartgliedrig und blond, wie die Frau in der Küche, die eben mit lauter Stimme etwas sagte. Nur „Jaqueline" verstanden sie. Das Kind verschwand durch die Tür, die zur Küche führte.
„Sie ist hübsch", sagte Mouriki mit dem Stolz der Großväter, „aber was ist das für ein Name!"
„Erkennst du unseren Sohn in ihr?"
Überrascht wandte er den Kopf. Klug war sie, seine Alte, wußte immer, worauf es ankam.
Er sagte: „Nein. Aber – sie ist ein Mädchen."
„Sie hat helles Haar wie die Frau und der Mann, der statt Georgios hier lebt." Und nach einer Weile: „Unser Sohn hätte ihr niemals diesen Namen gegeben."
Der Alte ließ ihre Hand los, ging zur Tür und riß sie auf.
„Georgios?" rief er fragend und fordernd, und noch einmal „Georgios!"
Sie redeten auf ihn ein. Worte, die er nicht verstand. Worte, die ihn wie ihre Handbewegungen aus der Küche drängten. Er ging zurück zu seiner Alten. Sie stand noch immer neben der Tür und hielt jetzt den Proviantkorb mit beiden Händen fest.
„Was sollen wir nur tun", sagte er hilflos. „Stell den Korb ab. Wir wollen uns setzen und nachdenken."
Er zog das Suppenhuhn aus dem Beutel im Korb, legte es auf den Tisch, rückte sich einen Stuhl zurecht und stellte sein Köfferchen daneben. Seine Alte stand reglos wie Felsgestein. Er schob den Stuhl zurück und trat zu ihr.
„Duola . . ."
Die Tür ging auf, die junge Frau trug eine dampfende Schüs-

sel zum Tisch und sah das Suppenhuhn. Lachend rief sie etwas, das für den Mann in der Küche bestimmt war. Er kam, und lachend warf sie ihm das Huhn zu. Dann bedeutete sie den Alten, Platz zu nehmen. Sie rührten sich nicht von der Stelle. Der Tisch wurde gedeckt, Kartoffeln und Hammelfleisch gebracht. Der junge Mann half, war immerzu um die Frau herum. Doch dann verbeugte er sich ein wenig vor den Alten, lachte ihnen ins Gesicht und verließ das Zimmer.
„Die machen sich lustig über uns“, sagte Mouriki bitter. „Mir tut der Kopf weh.“
„Komm, wir gehen.“
Frau Mouriki nahm ihn an der Hand, sie gingen hinaus in den Korridor. Der Fremde war verschwunden. Durch die Küchentür trat die Schwiegertochter zu ihnen, griff sich an die Stirn, als sei ihr eben etwas Wichtiges eingefallen. Dazu lächelte sie, ohne fröhlich zu sein. Und doch, so stellte Mouriki fest, nahm ihm ihr Lächeln viel von der Bangigkeit, die ihn befallen hatte. Er ging durch die Tür, die sie für ihn aufhielt und zog seine Frau mit sich. Der Raum war kalt, schmal. Das Wort Toilette verstand er.
Die Blonde drehte den Wasserhahn auf und zu und auf, damit sie sahen, wie er funktionierte. Sie nahm Seife, wusch sich die Hände. Mouriki tat es ihr nach, stupste seine Frau an, und sie wusch sich ebenfalls. Die Spannung löste sich. Im Korridor schauten sie unschlüssig auf ihre Mäntel. Mouriki schnupperte zum Wohnzimmer hin. Das Hammelfleisch war mit Knoblauch gewürzt, so, wie er es mochte. Immerzu lächelnd, immerzu redend, bedeutete ihnen die Schwiegertochter, an den Tisch zu kommen.
„Wir haben keinen Grund, ihre Gastfreundschaft auszuschlagen“, sagte Manolis Mouriki.
„So?“
Ein Wort voller Vorwurf und Bitterkeit. Mouriki verstand und achtete den Stolz und die Beharrlichkeit seiner Frau, doch auf dem Tisch dampfte die Suppe, und das Fleisch duftete. Er nahm Duola an die Hand und führte sie zum Tisch. Ihr Gesicht blieb hart und verschlossen. Das Kind beobachtete sie

schweigend, mit großen Augen. Die Suppe wurde ausgeteilt. Reissuppe mit Zitrone abgeschmeckt. Griechische Art. Mouriki löffelte als erster.
„Schmeckt", sagte er.
Sie aßen die Suppe. Sie aßen Hammelfleisch und Kartoffeln. Plötzlich schluchzte Mourikis Frau.
„Wir sitzen hier und – Georgios?"
Sie weinte. Mouriki streichelte ihren Arm.
„Nu, nu."
„Dich hat sie eingewickelt mit ihrer Suppe, ihrem Lächeln und dem Kind. Sie will uns nur ablenken. Du wirst schon noch sehen. – Wo ist Georgios!" fuhr sie auf.
Die Antwort war ein Schwall von Worten und Gesten.
„Wenn sie wenigstens den Mund halten würde! Sie weiß doch, daß wir sie nicht verstehen. Immerzu reden! Will uns nur verächtlich machen. Was hat sie mit Georgios angestellt?"
„Vielleicht kommt er gleich", sagte Mouriki, „es ist noch nicht abend."
„Nachtschwarz ist es draußen. Jetzt arbeitet niemand mehr."
Die junge Frau nahm den Wandkalender ab, legte ihn vor Mutter Mouriki auf den Tisch. Sie tippte auf den neunzehnten Dezember, wies auf ihre Gäste, legte den Finger unter den dreiundzwanzigsten und sagte: „Georg."
Mouriki verstand, blickte seine Frau an. Sie nickte und stieß den Kalender von sich.
„Sie will uns hinhalten!"
„Und wenn es stimmt?"
„Er hätte uns Nachricht gegeben, und wir wären später gefahren. Georgios! Georgios! Er ist immer ein guter Sohn gewesen. Weißt du noch . . ."
Sie verlor sich in Erinnerungen und Mouriki hörte ihr zu. Die Schwiegertochter räumte den Tisch ab, spülte Geschirr. Durch die offene Küchentür sahen sie, wie sie hantierte, hörten Geschirr klappern, Wasser ins Becken plätschern. Wenn Geräusche vertraut werden, verliert ein fremder Ort an Schrecken. – Dann ein Klopfen an der Tür. Frau Mouriki verstummte mitten im Satz, und Mouriki murmelte: „Unser Sohn."

Wieder war es der Fremde. Jetzt trug er in jeder Hand einen Eimer Kohlen. Die junge Frau griff ihm ins Haar, zauselte ihn, lachte. Er stellte einen Eimer in der Küche ab, den anderen trug er ins Bad.
„Sie tut mit ihm, wie eine Frau mit ihrem Ehemann."
Mouriki gab ihr im stillen recht. Als sie seinen Arm umklammerte, schüttelte er ihn ab, stand auf und ging durch die Küche ins Bad. Achselzuckend kam er nach einer Weile zu ihr zurück.
„Dort steht ein Ofen, und er macht Feuer."
„Überall machen sie Feuer, hier und in der Küche und sogar dort drinnen. Überall ist es stickig."
„Mir tut auch wieder der Kopf weh", klagte Mouriki.
„Trink einen Schnaps."
Aus ihrem Korb, den sie neben den Stuhl gestellt hatte, langte sie die Flasche. In diesem Augenblick hörten sie die Musik. Sie drang aus der Küche zu ihnen. Die Tür stand offen, und sie sahen die Schwiegertochter ein kleines Radio auf den Tisch stellen. Dabei sprach sie mit dem Mann, der im Bad hantierte. Dann sang sie, sang mit heller, fröhlicher Stimme zu der Melodie im Radio.
Mouriki fühlte Kälte in sich, die ihm den Magen zusammenzog und nach dem Herzen griff. Er war darauf gefaßt gewesen, daß die Menschen in einem anderen Land nach anderen Bräuchen lebten, doch was hier geschah, erschien ihm unnatürlich. Sein Sohn, der ihn seit Jahren eingeladen und dem er aus Thessaloniki ein Telegramm geschickt hatte, war nicht zum Bahnhof gekommen. Auch in der Wohnung wartete er nicht auf die Eltern. Er war verschwunden. Die Frau des Sohnes ließ einen anderen zu sich, sang und koste ihn mit den Augen.
Irgend etwas stimmte nicht.
„Wie sollen wir das aushalten?"
Hart stellte Mutter Mouriki die Flasche auf den Tisch. Das Kind, das in einer Ecke gespielt hatte, stand auf und sah die beiden an, verwirrt und verschreckt. Hatte so nicht Georgios geblickt, als in einem kalten Winter Wölfe in den Ziegen-

pferch gedrungen waren und ein Tier gerissen hatten. Oder wollte er nur, daß sie die Augen seines Sohnes hatte?

Wieder begehrte die Frau auf.

„Vier Tage in diesem Raum! Vier Tage mit ihr und dem Fremden! Vier Tage, bis Georgios kommt!" Und dann leise, mit wenig Hoffnung: „Wenn er kommt."

Mouriki langte die Flasche vom Tisch, zog den Korken und nahm einen kräftigen Schluck.

„Wer weiß, was in vier Tagen alles geschieht", sagte die Frau. „Wer weiß, was die da drinnen vorhaben mit uns."

Sie nahm die Flasche zurück, trank ebenfalls und stellte sie wieder in den Korb. Die Schwiegertochter schlug die Tür zum Wohnzimmer zu. Ihr Singen drang jetzt gedämpft, kaum noch hörbar zu ihnen.

„Mein Kopf", klagte Mouriki, „es ist das Licht. Der Abend hat dunkel zu sein, aber wir sitzen in diesem furchtbaren Licht . . ."

„Komm", sagte Mutter Mouriki, „wir gehen."

„Nein! Ich will meinen Sohn sehen. Ich warte, bis Georgios kommt."

Sie schwiegen. Das Kind hatte sich abgewandt und spielte wieder. Nach einer Weile kam die Frau herein, sprach mit ihm, half die Spielsachen aufzuräumen und führte es hinaus. Als es an den Alten vorbeikam, winkte es ihnen zu. Die Schwiegertochter kehrte zurück, redete, gestikulierte, zeigte zur Tür, zeigte zur Uhr. Mourikis starrten sie argwöhnisch an. Als sie ihnen den Rücken wandte, riefen sie wieder nach ihrem Sohn. Beide. Sie zuckte die Schultern, sprach im Korridor mit dem Fremden, kam zurück und bat gestenreich, ihr zu folgen.

„Sehen wir zu, was sie will", sagte Mouriki. Unter der Tür blieb er stehen und horchte. Die Badtür stand offen. „Wir sollen uns wohl schon wieder waschen."

Der Fremde winkte ihm, drehte an den Wasserhähnen über der Wanne, bedeutete ihm, die Kleider abzulegen. Als er sicher war, daß Mouriki ihn verstanden hatte, zog er seinen Mantel an und verließ zusammen mit der Frau und dem Kind die Wohnung.

„Na komm", sagte Mouriki, „steigen wir in den Trog. Die Zeit wird uns dabei vergehen und Wasser ist gesund. Vielleicht vertreibt es auch die Schmerzen im Kopf."
Er entkleidete sich. Mutter Mouriki hatte schon die Strümpfe ausgezogen, raffte den Rock und stieg in die Wanne.
„Au! Au, mein Fuß!"
Sie taumelte zurück, und er fing sie auf. Er wickelte ihr ein Handtuch um den schmerzenden Fuß und drehte an den Wasserhähnen. Das Wasser schoß noch heißer hervor. Frau Mouriki zog den Strumpf über das gesunde Bein.
„Sie wollen uns die Füße kaputtmachen, damit wir nicht weglaufen können", sagte sie.
„Hast du noch Schmerzen?" fragte Mouriki.
„Es geht."
Vorsichtig zog sie den Strumpf über den geröteten Fuß.
„Deshalb also hat der Fremde hier Feuer gemacht", sagte Mouriki und zog sich wieder an.
Er war töricht gewesen. Im Gebirge, auf der Weide, wäre ihm das nicht geschehen. Aber hier war alles befremdlich und irritierend. Er wollte sich nur noch auf zwei Dinge konzentrieren: die Frau und sich in Sicherheit bringen und warten, ob am Tag vor Weihnachten sein Sohn kommen würde.
„Hast du den Zettel noch mit Georgios' Adresse?" fragte er.
„Ja. Ich habe ihn dem Mann, der uns hierhergefahren hat, wieder aus der Hand genommen."
Ihre Stimme klang, als spräche sie durch Watte. Er hatte sich die Socken angezogen und sah auf. Der Raum war voller Wasserdampf. Jetzt spürte er auch, daß ihm Schweiß über die Stirn rann. Es war drückend heiß im Raum.
„Ich seh dich kaum noch", klagte die Frau, „ich bin ganz schlapp, und mir ist übel."
Er tastete nach der Tür, stieß sie auf und zog die Frau aus dem Bad. Hinter ihnen quoll eine Dampfwolke in den Korridor. Sie zogen ihre Mäntel über, fanden aber die Schuhe nicht.
„Wir können in denen laufen", entschied er und griff seinen Stock. Im Hausflur sagte er leise: „Ich weiß nicht recht, wo wir hin sollen."

Die Frau war schon an der Tür.
„Nur weg von hier. Raus! Wenn wir erst den Himmel über uns sehen, wird uns schon das Rechte einfallen."

Die Flucht

Fünf Tage vor dem Weihnachtsfest, am Mittwoch, dem 19. Dezember, schrillte gegen 23.00 Uhr das Telefon. Ich hatte auf eine ruhige Nacht gehofft und es mir im Dienstzimmer auf der Liege bequem gemacht. Gähnend ging ich zum Schreibtisch und meldete mich.
„Ach, du bist's, Bernhard", sagte jemand aufatmend, „da hab' ich aber Glück gehabt."
Der Stimme nach mußte es Hauptwachtmeister Rolf Erdmann sein, der in seiner Polizeidienststelle ebenfalls Nachtdienst hatte. Wir waren seit Jahren miteinander bekannt.
„Na, dann laß mich mal teilhaben an deinem Glück", ermunterte ich ihn.
„Das ist eine verflixt seltsame Sache. Man hat mir zwei alte Leutchen gebracht, Griechen. Beide ganz verstört. Die Frau ist am Bein verletzt. Sie wollten ihren Sohn Georgios besuchen, der hier verheiratet ist, aber der ist verschwunden. Sie behaupten, die Schwiegertochter verschweige ihnen etwas. Kurz, sie befürchten, ihr Sohn sei nicht mehr am Leben. Und da dachte ich, weil das in euer Ressort fällt . . ."
„Ja, das ist schon in Ordnung. Sprechen die beiden deutsch?"
„Nein. – Augenblick mal. Ich habe nach der Schwiegertochter geschickt, und sie scheint gekommen zu sein. Eben bringt der Wachtmeister ihren Ausweis. Sie heißt Lena Orlandos. Aber wieso denn Orlandos? Die Alten heißen mit Familiennamen Mouriki, wie kann da der Sohn Georgios Orlandos heißen. Die Angelegenheit wird immer verzwickter . . ."
„Verrate mir mal, wie du dich mit ihnen verständigst?"
„Durch einen Dolmetscher. Ich habe die Organisation „Freies Griechenland" angerufen, und sie haben trotz der späten Stunde noch einen Lehrer als erstklassigen Dolmetscher aufgetrieben."

„Wer hat dir denn die beiden gebracht?"
„Der Krankenwagen. Die Frau wurde verletzt aufgefunden und ins Krankenhaus befördert. Sie wollte nicht wieder weggehen, zumindest nicht zu ihrer Schwiegertochter, weil sie sich dort fürchtet. Da hat man sie samt ihrem Mann kurzerhand zu uns gefahren."
Als er schwieg, hörte ich durchs Telefon eine schrille, keifende Stimme, unterbrochen von einer tiefen, ruhigen.
„Der Dolmetscher übersetzt, was die Frau ihrer Schwiegertochter zuruft", kommentierte Erdmann.
„Und das ist?"
„Sie soll ihr den Sohn zurückgeben."
Ich sagte, in einer Viertelstunde etwa könne er mit mir rechnen. Dann legte ich auf, wählte die Nummer eines Kollegen und hinterließ ihm, wo ich die nächsten Stunden zu erreichen wäre.
Als ich Rolf Erdmanns Dienststelle betrat, herrschte dort Stille. Feindliche Stille. Auf der einen Seite des Raumes saßen die beiden Alten. Wetterharte, kantige Gesichter, verstörte, mißtrauische Blicke. Auf dem Schoß der Frau lag ein braunes, wollenes Kopftuch. Der Mann saß vornübergebeugt, gestützt auf einen Knotenstock, den er zwischen den Knien hielt. Beide trugen sie Filzschuhe und dunkle Mäntel.
Ihnen gegenüber saß Lena Orlandos, die Schwiegertochter. Hübsch, blond, eine Figur, die, auch vom Mantel verhüllt, noch aufregend wirkte. Als hätte sie meine Gedanken erraten, legte sie den Mantel ab und hängte ihn über die Stuhllehne.
Neben ihr erhob sich ein älterer Herr mit weißsträhnigem Haar und verbeugte sich kurz, als ich auf ihn zutrat.
„Papadaki", sagte er.
„Der Dolmetscher", ergänzte Rolf Erdmann.
Ich nahm die Papiere zur Hand, die auf Hauptwachtmeister Erdmanns Schreibtisch lagen, den Personalausweis von Lena Orlandos, wohnhaft in D., Staatsbürgerschaft DDR, dreißig Jahre alt. Eingetragen auch ein Kind namens Jaqueline, im Alter von acht Jahren, dann die Pässe der beiden Alten.

„Bei der Ausländeranmeldung sind sie noch nicht gewesen“, sagte Rolf Erdmann, „ich habe mich erkundigt.“
Da sie, wie ich später erfuhr, erst am Nachmittag in D. angekommen waren, hatten sie bis zum folgenden Tag Zeit, die Abteilung Paß- und Meldewesen aufzusuchen. Noch besaßen sie nur ein Behelfsvisum für die Einreise in die DDR und den Aufenthalt im Kreisgebiet von D. Sie selbst hatten mit drei Kreuzen unterschrieben. Als Wohnort war das Gebiet von Sidirokastron in Makedonien angegeben. Keine Straße, keine Hausnummer.
„Sarakatsanen“, sagte der Dolmetscher, und als er meinen verständnislosen Blick bemerkte, fügte er hinzu: „Nomaden. Makedonische Wanderhirten.“
Ihr Alter war mit *cirka* angegeben. Ebenso das Jahr der Eheschließung. Manolis Mouriki war angeblich fünf Jahre älter als seine Frau.
Ich wandte mich an die Schwiegertochter.
„Wo hält sich Ihr Mann zur Zeit auf?“
„In Halle.“
Die Antwort kam rasch und bestimmt.
„Dienstlich? Privat?“
„Georg ist Ingenieur. Er ist auf Montage.“
Als sie *Georg* sagte, verschwanden die Lippen ihrer Schwiegermutter zwischen den Zähnen, so daß unter der spitzen Nase nur noch ein Strich zu sehen war. Das ganze Gesicht ein Ausdruck von Mißbilligung.
„Wie lange bleibt Ihr Mann in Halle?“
„Voraussichtlich noch vier Tage, bis zum dreiundzwanzigsten Dezember.“
Auf meine Frage hin nannte sie auch den hiesigen Betrieb, für den er in Halle auf Montage war. Sie sprach mit der Höflichkeit eines Menschen, der nicht anecken möchte. Frau Mourikis Blick hing an ihren Lippen. Papadaki übersetzte.
„Wenn Georgios am Leben wäre, hätte er uns erwartet!“
Mutter Mourikis Stimme klang schrill und klagend, und sie betonte den vollen Namen ihres Sohnes.
Ich fragte Frau Orlandos nach einer Telefonnummer, unter

der wir ihren Mann in Halle erreichen konnten. Sie wußte nur die des Wohnheimes. Dort war er nach Feierabend anzutreffen.
Hauptwachtmeister Erdmann bemühte sich sofort um die Verbindung, ich griff nochmals zu den Ausweisen.
„Wieso heißt Ihr Sohn Orlandos mit Nachnamen, während Ihr Name Mouriki ist?“
Über das wetterharte Gesicht des Alten glitt ein Lächeln, legte es in unzählige Fältchen, und doch sah er mit einemmal jünger aus und bauernschlau. Seine Frau lockerte die Lippen, faltete die Hände im Schoß über dem braunen Kopftuch und senkte den Blick. Der Alte erzählte.
„Wir hießen alle Orlandos. Es ist der Name meines Vaters. Und der meiner Brüder. Und alle sind wir Hirten. Aber meine Herde war die größte, alles kräftige, gesunde Tiere . . .“
„Weil ich dir fünfundvierzig Ziegen Mitgift gebracht hab“, sagte die Frau, ohne aufzublicken, und der Dolmetscher übersetzte auch das.
Der Alte blickte verstört, betroffen darüber, daß die Frau ihm ins Wort fiel vor all den Fremden. Das gehörte sich nicht! Wenn sie allein waren auf der Weide oder in der Strohhütte, da konnte jeder reden, wie ihm der Schnabel gewachsen war, man unterbrach sich, wetterte miteinander oder lachte. Aber hier untergrub solches Verhalten seine Autorität. Das Erzählen schien ihm nun keine Freude mehr zu bereiten.
„Meine Brüder haben ihre Herden schlecht bewacht“, fuhr er fort, „ihre Ziegen haben Saat gefressen vom Ackerland. Der Prozeß wurde geführt gegen die Orlandos. Ich mußte Strafe zahlen, nur weil ich Orlandos hieß. Da habe ich meinen Namen und den der Frau ändern lassen. Wir heißen jetzt Mouriki.“
Ich gab ihnen ihre Papiere zurück.
Der Hauptwachtmeister sagte: „Hier ist nicht über die Vorwahl rauszukommen“, und drehte wieder mit grimmiger Miene die Wählscheibe.
„Hätte es sich nicht einrichten lassen, daß Ihr Mann zu Hause ist, wenn seine Eltern aus Griechenland kommen?“

„Das wäre auch unser Wunsch gewesen", sagte Frau Orlandos in ihrer höflich glatten Art. „Wir laden Georgs Eltern seit Jahren ein und haben immerzu Absagen erhalten." Sie zuckte die Schultern. Eine Geste des Bedauerns. Dann ein freundlich mitleidiger Blick zu den Schwiegereltern. „Wegen der Ziegen. – Unsere letzte Einladung haben sie angenommen. Leider konnten wir nicht voraussehen, daß sie so überraschend hier eintreffen!"

Sie bemühte sich, keinen Vorwurf mitklingen zu lassen.

Mourikis lauschten. Er mit vorgerecktem Kopf und wachsamen Blicken, die von Frau Orlandos zu mir glitten und wieder zurück zu seiner Schwiegertochter. Frau Mouriki hielt noch immer die Hände gefaltet und den Kopf gesenkt. Sie wirkte demütig, doch der gestraffte Rücken und die wiederum verkniffenen Lippen zeugten von ihrer Anstrengung, sich nichts entgehen zu lassen, was in diesem Raum geschah.

„Wenn ich jetzt nicht bald Anschluß kriege", knurrte der Hauptwachtmeister vom Telefon her, „versuch ich's mal mit Urwaldtrommeln."

„Es hat doch wohl einen Grund gegeben, weshalb Sie sich entschlossen haben, Ihren Ältesten jetzt zu besuchen."

Er warf einen schnellen Blick zu seiner Frau, die ein wenig die Augenlider senkte. Mir schien, daß Manolis Mouriki zwar das Sagen hatte, die Frau aber unauffällig bestimmte, wann was gesagt werden durfte.

Mit einer Geste zu dem verzweifelt die Wählscheibe drehenden Hauptwachtmeister hin, fuhr ich fort: „Wenn wir Ihnen helfen sollen, Ihren Sohn zu finden, müssen Sie mir alle Fragen genau und ehrlich beantworten."

Ich erfuhr von Mourikis Plan, ein Haus zu bauen. Mit Hilfe seines ältesten Sohnes.

„Ihr Sohn hat hier in D. seine Arbeit, die er gewiß nicht aufgeben möchte, und seine Familie, von der er sich vielleicht nicht trennen will für längere Zeit", entgegnete ich.

War das die Gefahrenquelle im Eheleben der Orlandos? Lebte die Frau seit Jahren mit der seelischen Belastung, der Besuch von Georgs Eltern könne ihr Leben komplizieren,

vielleicht sogar Änderungen herbeiführen zu ihren Ungunsten?
Papadaki hatte meine Bemerkung nicht übersetzt, und ich warf ihm einen fragenden Blick zu.
„Sie sind griechisch-orthodox“, sagte er, merkte aber, daß ich noch immer nicht begriff.
„Nach ihrer Glaubenslehre erkennen sie die Ehe des Sohnes mit einer Fremden nicht an.“
Ich wandte mich an die junge Frau.
„Wußten Sie das?“
„Natürlich.“
Sie sagte es in dem gleichgültigen Ton, der keinen Zweifel an der Bedeutungslosigkeit der Sache läßt. Eben dieser Ton war es, der mich irritierte.
„Ihnen war also bekannt, daß der Vater seinen Sohn zurückholen wollte ...“
„Es stand in jedem Brief.“
„Gab es darum Meinungsverschiedenheiten oder Streit zwischen Ihnen und Ihrem Mann.“
Sie schüttelte den Kopf.
„Mein Mann denkt anders als sein Vater.“
Ich fragte Frau Mouriki: „Wollten Sie auch, daß Ihr Sohn zurückkommt?“
Einen Augenblick lang wurden ihre Gesichtszüge weich. Sie hob den Kopf. In ihren Augen war ein Glänzen, ihr schien eine große Freude zu widerfahren. Doch plötzlich, als habe man sie bei Unerlaubtem ertappt, schlug sie die Augen nieder und sagte hart: „Ja, ich habe es auch gewollt.“
„Und nun sind Sie hergekommen, um mit ihrem Sohn darüber zu sprechen.“
Sie nickten beide.
Haben Sie ihm das geschrieben?“
„Ja“, sagte der Alte.
Ich fragte die Schwiegertochter, wann diese Nachricht in D. eingetroffen sei.
Frau Orlandos' Blick ruhte mit blasiertem Wohlwollen auf den Schwiegereltern, als sie antwortete:

„Vor ungefähr vier Monaten erhielten wir einen Brief, in dem stand, sie hätten sich nun doch entschlossen, uns zu besuchen. Sie würden losfahren, sobald ihr Jüngster bei den Ziegen bleiben könne. Ich habe mich sofort um die nötigen Papiere bemüht, da Georg oft unterwegs ist, und ich habe sie ihnen zugeschickt. Das nächste, was eintraf, war ein Telegramm."
Sie entnahm es ihrer Handtasche.
Ich las:

Telegramm
An: Georgios Orlandos. Bergstraße 105, D. DDR
Aufgegeben: 16. 12. Thessaloniki
Aufgenommen: 17.12. 7.00 D.
Inhalt: Abfahrt Mitternacht. Kommen nach D. Vater und Mutter.

Das war vor zwei Tagen gewesen. Keinerlei präzise Zeitangabe über die Ankunft in D. Ich räumte ein, daß dieses Telegramm nicht nur eine Überraschung, sondern auch ein Problem für Frau Orlandos gewesen sein mußte.
„Mein Mann befand sich schon in Halle", sagte sie, „und ich hatte eben die Weihnachtseinkäufe unter Dach und Fach gebracht. Natürlich bin ich gleich wieder los, um noch einmal nach Fleisch anzustehen, Süßigkeiten und Geschenke für unsere Gäste zu besorgen."
So wie sie es sagte, war auch das kein Vorwurf, sondern ins rechte Licht gerückte Fürsorge um das Wohlergehen der Schwiegereltern.
Und erklärend fügte sie hinzu: „Wir treiben keine große Vorratswirtschaft. Nach den Feiertagen muß Georg noch einmal auf Montage, ich esse im Betrieb und Jaqueline in der Schule zu Mittag. Gestern, am achtzehnten, bin ich nachmittags und am späten Abend zu dem Zug aus München gegangen. Mein Mann sagte, die Fahrt gehe über Jugoslawien, Österreich und München."
„Haben Sie ihm die Ankunft seiner Eltern telegrafiert?"
Leichtes Erstaunen.
„Wozu? Er kommt am dreiundzwanzigsten ohnehin zurück. Genaues über ihr Eintreffen hätte ich nicht mitteilen können.

Ich verstehe ein wenig griechisch zu kochen und zu backen und habe ihnen Jaquelines Zimmer hergerichtet. Dort sind sie gut aufgehoben und können in aller Gemütlichkeit meinen Mann erwarten."
„Wann sind sie denn nun in D. eingetroffen?"
In diesem Augenblick war es Hauptwachtmeister Erdmann gelungen, die Telefonverbindung nach Halle herzustellen. Der Teilnehmer schien ihn schlecht zu verstehen, denn Rolf Erdmann sprach sehr laut und akzentuiert.
„Or – lan – dos" skandierte er. „Ingenieur. Kennen ihn? Na fein! – Was sagen Sie? Nicht gesehen? Nicht mitgekommen? – Ja! Tun Sie das!"
Er legte eine Hand über die Sprechmuschel und informierte uns. „Der Pförtner vom Wohnheim sagt, er habe ihn nicht unter denen gesehen, die seit Tagen im Heim wohnen."
Papadaki übersetzte, ehe ich es verhindern konnte. Wenn Orlandos sich zu dieser Stunde nicht im Wohnheim befand, konnte das bedeuten, daß er woanders schlief. Warum? Und wo? Vielleicht aber auch, daß er gar nicht nach Halle gefahren war, wie seine Frau behauptete.
Unsere Blicke konzentrierten sich auf Lena Orlandos, und auf ihrem Gesicht lag der spöttisch erhabene Ausdruck eines Menschen, der über den Dingen steht, auch wenn sie sich gegen ihn kehren.
„Ja, danke!" rief Rolf Erdmann ins Telefon, und zu uns sagte er: „Jetzt verbindet er mich mit jemanden."
Rasch erhob sich Frau Orlandos.
„Wer? Orlandos? Sie sind sehr schlecht zu verstehen!"
„Bitte", sagte die Frau, „lassen Sie mich." Schon preßte sie den Hörer ans Ohr. „Georg? Ich bin's, Lena. – Fein, daß du mich hörst. Du bist schlecht zu verstehen. Deine Eltern sind angekommen. Heute nachmittag!" – Damit hatte sie auch meine Frage beantwortet. – „Sie verstehen nicht, daß du nicht zu Hause bist. Kannst du früher . . . bitte? Das macht nichts. Also bis zum . . ."
Frau Mouriki war vom Stuhl geglitten und zum Schreibtisch hingewieselt. Sie war kleiner als ihre Schwiegertochter. Sie riß

ihr den Hörer aus der Hand und wollte in die Hörmuschel sprechen. Rolf Erdmann half ihr zurechtzukommen, und sie rief: „Georgios! Georgios! Bist du's, mein Sohn!" Dann lauschte sie in den Hörer. Ihr Gesicht verdüsterte sich. „Komm zu uns, Georgios", sagte sie, und plötzlich ließ sie den Hörer fallen, als brenne er ihr die Hände.
Er riß den Apparat, der dicht an der Kante des Schreibtisches gestanden hatte, zu Boden. Fluchend hob der Hauptwachtmeister alles auf, lauschte in die Hörmuschel und sagte: „Verbindung futsch."
Manolis Mouriki war aufgestanden. Die Frau trat ganz dicht an ihn heran und sagte: „Das war nicht unser Sohn, mit dem ich da gesprochen habe."
Sie schlug die Hände vors Gesicht. Sanft faßte er sie an der Schulter und drückte sie auf den Stuhl. Er selbst blieb stehen, wandte sich zu mir um und wiederholte ihre Worte, drohend und im Rhythmus des Sprechens den Knotenstock auf den Fußboden stoßend.
„Das war nicht unser Sohn, mit dem sie da gesprochen hat."
„Bei der Verbindung hätte ich wahrscheinlich meinen Sohn auch nicht erkannt", sagte Hauptwachtmeister Erdmann, und ich fragte Frau Mouriki, was ihr Gesprächspartner erzählt habe.
„Wie kann ich das wissen", erwiderte sie mit einem Blick auf die Schwiegertochter, „ich habe ihn doch nicht verstanden. Das haben die sich fein ausgedacht! Nein, es war nicht unser Sohn. Vielleicht war das dieser Mann aus der Wohnung."
„Der Mann aus der Wohnung?" wiederholte ich irritiert, „wen meinen Sie denn damit?"
Sie schwieg. Mit feindseligem Blick auf die Schwiegertochter.
„Stefan Hillig ist gemeint", sagte die junge Frau müde und ein klein wenig traurig über die Verdächtigungen ihrer Schwiegermutter. „Herr Hillig ist ein Bekannter von uns. Ein Hausfreund. Wenn Georg auf Montage ist, geht er mir ab und zu zur Hand. Heute nachmittag hat er Kohlen getragen und den Badeofen geheizt. – Für meine Gäste", fügte sie mit soviel Tadel in der Stimme hinzu, wie man das nach Frau Mourikis Be-

schuldigung von ihr erwarten konnte. „Aber sie haben nicht gebadet. Sie haben das Wasser laufen lassen und sind aus der Wohnung gegangen."

„Und wo waren Sie?"

„Ich habe Jaqueline zu Bekannten gebracht. Sie bleibt zwei, drei Tage dort."

„Hatten Sie Wasserschaden in der Wohnung?"

Sie schüttelte den Kopf.

„Zum Glück war der Wannenverschluß nicht dicht. Das meiste Wasser ist abgelaufen, aber randvoll war die Wanne, als ich nach Hause kam."

Ich ließ mir beide Adressen geben, die des Hausfreundes Stefan Hillig und die der Bekannten, bei denen Jaqueline untergebracht war.

„Warum haben Sie nichts unternommen, als Sie nach Hause kamen und die Schwiegereltern verschwunden waren?"

Ihre Augen wurden rund vor Erstaunen.

„Was hätte ich denn unternehmen sollen? Das sind erwachsene Menschen, die können kommen und gehen, wann sie wollen."

„Die beiden sind fremd hier und hilfloser als Kinder. Und das wissen Sie ebenso gut wie ich."

Sie zuckte die Schultern, in ihrem Blick lag genau so viel verletzter Stolz wie man braucht, um beleidigt auszusehen.

„Und Sie", fragte ich Frau Mouriki, „warum glauben Sie Ihrer Schwiegertochter nicht, daß Ihr Sohn am dreiundzwanzigsten Dezember zurückkommt?"

Frau Mouriki nahm sich Zeit mit der Antwort, suchte nach Worten.

„Sie ist falsch", sagte sie schließlich leise.

Manolis Mouriki ergriff ihre Hand.

„Wir fürchten uns in dieser Wohnung und vor dem fremden Mann."

„Vielleicht hat unser Sohn sich auch gefürchtet", fügte die Frau hinzu.

Ehe ich etwas erwidern konnte, hatte Lena Orlandos schon den rechten Ton und das rechte Maß an Zurechtweisung und

Entgegenkommen gefunden, als sie zu ihrer Schwiegermutter sagte:
„Warum willst du nicht zur Kenntnis nehmen, daß dein Sohn auch mein Mann und der Vater meiner Tochter ist? Habe ich euch nicht gut aufgenommen, genau so, wie es mein Mann getan hätte? Ich habe dir einen Kalender gezeigt, auf den dreiundzwanzigsten Dezember getippt und Georg gesagt, und ich weiß, daß du das verstanden hast . . ."
„Sie hätten Georgios sagen sollen", unterbrach sie der Dolmetscher, „so wie es im Griechischen heißt, und wie ihn die Mutter nennt."
„Ja, wahrhaftig, das hätte ich tun sollen", erwiderte sie mit leichtem Selbstvorwurf und lächelte wieder. Diesmal ein wenig nervös.
„Was ist denn in der Wohnung deines Sohnes so zum Fürchten?" fragte sie die Schwiegermutter. „Und warum seid ihr weggelaufen? Wohin wolltet ihr eigentlich. Was soll das alles für einen Sinn haben?"
Fragen, die auch mich interessierten. Die beiden Alten schwiegen. Ehe das Schweigen peinlich wurde, sagte Lena Orlandos: „Ach was, tun wir einfach, als sei nichts gewesen. Nichts als ein Mißverständnis vielleicht. Kommt, wir gehen nach Hause."
Ihre Art, zu passender Zeit das Richtige zu sagen, war nahezu perfekt. Die beiden Alten reagierten überhaupt nicht. Mir schien, solange ihre Schwiegertochter anwesend war, würde ich nichts aus ihnen herausbringen. Ich bedankte mich bei Frau Orlandos für ihr Kommen und die Bereitschaft, uns zu helfen.
„Sie sind sicher, daß es Ihr Mann war, mit dem sie eben am Telefon gesprochen haben?" fragte ich, während ich ihr den Mantel hielt.
„Natürlich."
„Gut. Wir versuchen, ihn nochmals zu erreichen, außerdem werden wir seinen Betrieb veranlassen, ihn morgen nach D. zurückzuholen. Wo arbeiten Sie?"
Lena Orlandos nannte einen Betrieb, in dem sie als Sachbear-

beiterin tätig war. „Leider müssen wir Sie heute nacht nochmals stören. Sobald wir Ihren Mann gesprochen haben, bringen wir seine Eltern zu Ihnen zurück."

„Ich habe mich bei Ihnen zu bedanken", sagte sie, warf noch einen bekümmerten Blick auf ihre Schwiegereltern und verließ die Dienststelle.

Am Schreibtisch mühte sich Rolf Erdmann erneut um eine Verbindung nach Halle.

„Eben war ich durch", sagte er, „leider besetzt."

Ich zog mir einen Stuhl heran und setzte mich zu den beiden Alten.

„Wie haben Sie denn vom Bahnhof zu Ihrer Schwiegertochter gefunden?"

Frau Mouriki langte einen Zettel aus der Manteltasche. Ich las:

Dies sind griechische Staatsbürger. Sie möchten ihren Sohn in D. besuchen. Bitte setzen Sie sie in ein Taxi und lassen Sie sie zur Bergstraße 105 zu Familie Orlandos fahren. Georgios Orlandos.

Ich gab ihr den Zettel zurück und bat Mouriki, mir von seinem Leben in den makedonischen Bergen zu erzählen. Das füllte die Zeit aus, bis der Wachtmeister sagte: „Die Verbindung nach Halle ist frei, aber dort geht keiner mehr ans Telefon."

Es war inzwischen halb Eins geworden, und das Telefon im Wohnheim war vermutlich nur bis Mitternacht besetzt, Erdmann kurbelte trotzdem weiter. Ich fragte Mouriki, ob er beschreiben könne, wohin sie nach der Flucht aus der Wohnung gegangen seien.

„Was haben Sie gesehen? Ist Ihnen etwas Besonderes aufgefallen?"

„Häuser, nur Häuser", antwortete Mouriki, „Geschäfte, Lichter, Busse und Bahnen. Aber keinen Himmel."

Er blickte seine Frau an. Sie nickte, dann sprach sie weiter.

„Wir sind gelaufen und gelaufen, bis es dunkler wurde um uns und die Häuser nicht mehr so dicht beieinanderstanden. Dort bin ich über den Draht gefallen."

„Sie sind auf Baugelände geraten", sagte Erdmann vom

Schreibtisch her, „die Frau ist über eine Rolle Stacheldraht gestolpert und hat sich den Oberschenkel aufgerissen."
Frau Mourikis Bein hatte stark geblutet. Den Schmerz verbeißend, humpelte sie hinter ihrem Mann her, bis sie zu einem Straßenbahnhof kamen. Es hatte zu nieseln begonnen. Sie stellten sich unter. Der Mann drückte den schmerzenden Kopf gegen die Wand, und die Frau setzte sich auf die Erde. So wurden sie von zwei Straßenbahnern gefunden. Der eine blieb bei ihnen, der andere rief das Krankenhaus an. Sie wurden abgeholt. Manolis Mouriki bekam Tabletten gegen die Kopfschmerzen. Seine Frau wurde verbunden. Aus den Papieren, die sie in Mutter Mourikis Manteltasche fanden, erfuhren sie, daß sie Gäste von Lena und Georgios Orlandos aus der Bergstraße 105 waren. Mit Hilfe eines griechischen Patienten, der auf der Station lag, ließ man sie wissen, daß sie dorthin zurückgefahren würden. Der Mann bat, sie nicht wegzuschicken. Die Frau rief immerzu: „Nicht in dieses Haus! Nicht zu dieser Frau!"
Da entschloß sich die Oberschwester, die beiden zur nächsten Polizeistation bringen zu lassen.
„Gib's auf", sagte ich zu Rolf Erdmann, der noch immer im Hallenser Wohnheim anklingelte. „Wir versuchen, am Morgen Verbindung aufzunehmen." Und zu den beiden Alten: „Wir bringen Sie jetzt zurück in die Wohnung Ihres Sohnes, und sobald wir etwas über ihn erfahren, erhalten Sie Nachricht."
„Wären wir nie hierhergefahren", klagte die Frau.
Manolis Mouriki aber sagte entschlossen: „Ich wollte nur drei oder vier Tage bleiben, wegen der Herde. Aber nun werde ich nicht eher zurückfahren, als bis ich weiß, was mit meinem Sohn Georgios geschehen ist. Ganz gleich, was aus den Ziegen wird."
„Ich schätze, spätestens am dreiundzwanzigsten können Sie ihn umarmen. Wahrscheinlich schon früher. Übrigens, Sie sagten, daß Sie Analphabeten sind. Wieso haben Sie da den Kalender lesen und ausrechnen können, daß Sie noch vier Tage bis zum dreiundzwanzigsten warten müssen?"

„Ich verstehe die Zahlen, und ich kann rechnen. Ich muß meine Ziegen und meine Drachmen zählen."
Während ich sie mit Papadaki zur Bergstraße fuhr, saßen sie schweigend im Wagenfond. Sie blieben auch noch sitzen, als ich vor der Hundertfünf anhielt, ausstieg und ihnen die Wagentür öffnete. Die Frau steckte nur den Kopf heraus, sah sich um und sagte: „Das ist nicht das Haus."
Sie war so selbstsicher, daß ich sie irritiert bat, einen Augenblick zu warten. Ich richtete den Strahl meiner Taschenlampe auf das schwach beleuchtete Nummernschild über der Tür. Da stand deutlich lesbar: 105. In der ersten Etage brannte Licht. Die Haustür war nicht verschlossen. Den Namen Orlandos fand ich gegenüber der Wohnung, aus der Licht und Stimmen drangen. Ich klingelte.
„Darf doch nicht wahrsein!" rief der Mann, der mir die Tür öffnete. Er hatte die Ärmel hochgekrempelt und Schweißperlen auf der Stirn. Hinter ihm im Korridor stapelten sich Kartons und Kisten. „Jetzt schon?"
Offensichtlich hielt er mich für einen von der Spedition. Ich stellte mich vor und bat um Auskünfte über die Nachbarsleute, die Orlandos.
„Da unterhalten Sie sich am besten mit Gertrud. – Gertrud! Komm mal lang. Besuch für dich. Sie können auch eintreten. Aber als Sitze gibt's bloß Kisten. Wir ziehen um in paar Stunden."
„Um die da drüben geht's?" fragte die Frau. „Hatse ihm paar übern Schädel gezogen?"
Ich erkärte ihr kurz das Nötigste, und daß ich die Eltern aus Griechenland im Wagen hätte, die aus der Wohnung gelaufen seien.
„Vielleicht hatse die so vollgelappt wie den Schorsch. Die Wände hier sind dünn, und man kriegt manchmal mit, was einem gar nischt angeht."
„Und was haben Sie mitgekriegt?"
„Daß der Haussegen schief hängt. Weil der Schorsch oft nicht da is. Die kann ganz schön giften, sag ich Ihnen. Hat auch schon rumgebrüllt, daß sie besser käme, wenn er überhaupt

nicht mehr auftaucht. Kann ich mir gut vorstellen, wo doch jetzt immer der Jungsche bei ihr hockt. Und das Mädel, die Jaqueline, die bringt sie oft zu Bekannten. Weil sie sich nicht so um sie kümmern kann. Überstunden, sagt sie."
„Wann gab's denn den letzten Streit?"
„Na, ich guck nich immerzu auf'n Kalender. Is schon paar Tage her. Seitdem hab ich'n Schorsch noch nich wieder gesehen. Was ja nischt heißen will. Is wohl wieder auf Mongtasche. Der Jungsche geht aus und ein, und die läuft rum mit ihrem Madonnenlächeln, als könnt'se kein Wässerchen trüben."
Ich bedankte mich, ging zurück zum Wagen und sagte zu Papadaki: „Es ist die Hundertfünf, und Orlandos wohnen in der ersten Etage."
Er übersetzte es den beiden Alten, die blickten noch immer, als wüßten sie es besser, stiegen aber aus. Es dauerte eine Weile, ehe auf unser Klingeln hin geöffnet wurde. Lena Orlandos hatte schon geschlafen. Ich sagte ihr, daß wir keinen Anschluß nach Halle mehr bekommen hätten und uns am Morgen wieder darum bemühen würden. Sie war zufrieden.
Zu Papadaki sagte sie: „Erklären Sie meinen Schwiegereltern, daß sie Jaquelines Zimmer ganz für sich nutzen können. Ich habe ihnen die Betten aufgeschüttelt, ihr ein Nachthemd von mir und ihm einen Pyjama von Georg hingelegt. Morgens können sie schlafen, solange sie möchten. Frühstück finden sie auf dem Küchentisch, den Kaffee unter der Wärmehaube. Ich gehe kurz nach Sieben aus dem Haus. Wenn sie ausgehen möchten, der Schlüssel hängt hier neben der Garderobe. Und ich habe ihnen etwas Geld bereitgelegt."
Sie zeigte auf eine Holzschale auf einem Schränkchen im Korridor. Ich entdeckte einen Fünfzigmarkschein, zwei Zwanziger und etliches Kleingeld. Papadaki übersetzte. Ehe wir uns verabschiedeten, erinnerte ich Frau Orlandos an die Meldepflicht ihrer Schwiegereltern, und sie versicherte mir, sie werde ihnen am Nachmittag dabei behilflich sein. Ich war der Meinung, damit sei alles Wichtige gesagt, und die Angelegenheit Mouriki – Orlandos für mich erledigt.

Die Alten waren müde. Hinter der Schwiegertochter schlichen sie ins Wohn- und von da aus ins Kinderzimmer. Durch die zweite Liege, die nicht hineingehörte, war es im Raum eng. Als Frau Orlandos das Licht andrehte, schrie der Alte ein wenig auf und hielt sich mit beiden Händen den Kopf. Sie knipste wieder aus, sagte etwas, was sie nicht verstanden und verließ das Zimmer.
Frau Mouriki schob die Gardine zurück. Die Straßenlaternen spendeten genug Licht, um die Gegenstände im Zimmer in Umrissen zu erkennen. Zwischen Betten und Fenster standen ein kleiner Tisch und davor zwei Stühle. Auf einem davon hatte sie sich niedergelassen, die Hände im Schoß, den Kopf gesenkt. Mouriki vermutete, sie schlafe bereits. Er streifte die Hausschuhe von den Füßen, fuhr aus der Strickjacke, legte sich aufs Bett und zog das Deckbett über den Körper. Es lastete wie eine Schneelawine auf ihm, drückte die Brust, beengte den Hals. Er stieß das Deckbett von sich, rang nach Luft. Dabei hatte er das Gefühl, unter ihm wanke der Boden. Vorsichtig richtete er sich ein wenig auf und ließ sich wieder fallen. Wahrhaftig, der Boden gab nach. Ein Weilchen lag er still, wurde aber das Gefühl nicht los, die Erde sauge ihn auf. Er drehte sich und hörte ein leises Knarren, als bewege der Wind einen brüchigen Ast. Er sprang auf die Füße. Seine Frau hob den Kopf.
„Duola", flüsterte er, „es ist wie im Moor. Der Boden ist wabbelig und gibt nach bei jeder Bewegung. Kannst du auf dem Stuhl schlafen?"
„Komm", sagte er, „wir machen die Tür auf zu dem großen Zimmer und legen uns dort auf die Erde."
Schon war er an der Tür und hatte sie zur Hälfte geöffnet. Dann stand er starr. Die Frau war jetzt neben ihm und umklammerte seinen Arm. Im Wohnzimmer saß die Schwiegertochter im langen, weißen Gewand, das Haar gelöst, den Kopf ein wenig gebeugt. Auf dem Tisch vor ihr stand eine dicke, hohe brennende Kerze. Als sie die beiden Alten unter der Tür gewahrte, erhob sie sich, nahm die Kerze und schritt langsam auf die beiden Alten zu.

Mouriki schob seine Frau ins Zimmer und trat einen Schritt zurück. Er wollte die Tür schließen, doch die Frau stand schon vor ihm. Gegen seinen Willen streckte er die Hände aus und nahm die Kerze entgegen. Schweigend wandte sich die Schwiegertochter ab und verschwand in einem Zimmer, in dem sie vermutlich schlief. Mouriki stellte die Kerze auf den kleinen Tisch, sank auf den Stuhl und schlug die Hände vors Gesicht. Tief aus seinem Inneren drang ein Stöhnen, qualvoll, resigniert. Seine Frau saß reglos und starrte in das Licht der Kerze.

„Jetzt hat sie ihr wahres Gesicht gezeigt", sagte sie nach einer Weile, und ihre Stimme zitterte. „Unser Sohn lebt nicht mehr."

„Ja", sagte Mouriki, und das Wort war ein Schluchzen, „Georgios ist tot."

Sie falteten die Hände, schwiegen. Keiner wagte den anderen anzusehen aus Furcht, in dessen Augen den eigenen Jammer zu entdecken.

Nach einer Weile fragte die Frau: „Manolis, worauf willst du jetzt noch warten?"

„Sobald der Tag kommt, fahren wir zurück."

„Wer weiß, was mit uns geschehen ist, ehe der Tag kommt."

Sie hat recht, dachte Manolis. „Gehen wir sofort. Gehen wir zum Bahnhof", sagte er.

„Dort wird sie uns zuerst suchen lassen, wenn sie merkt, daß wir weggegangen sind."

Auch das stimmte. Aber was sollten sie tun?

„Wir haben die Adresse eines Landsmannes", sagte Frau Mouriki.

Vielleicht war das die Lösung. Gewiß trafen sie dort ihre Reisebekanntschaft wieder, die beiden, mit denen sie von München nach D. gefahren waren. Der junge Grieche war klug und welterfahren und konnte ihnen sicherlich weiterhelfen.

„Aber sie wohnen nicht in D.", sagte er.

„Um so besser. Nur raus aus dieser Stadt."

„Wir haben's schon mal versucht, aber wir sind nicht weit gekommen."

„Diesmal werden wir klüger sein."
Ihr Vertrauen spornte ihn an. Er spürte seine Entschlußkraft zurückkehren und mit ihr die Zuversicht.
„Vor dem Haus", sagte er, „hält doch eine von diesen Bahnen, die durch die Straßen bis hinaus vor die Stadt fahren. Da steigen wir einfach ein. Draußen wird es Wiesen geben, vielleicht auch Wald, wo wir schlafen können. Und am Tag zeigen wir jemanden die Adresse. Wir werden hinfinden."
„Du bist ein guter Ehemann, Manolis. Gehen wir."

„Sind die aber doof!"
Drei Burschen saßen in der Straßenbahn und beobachteten die Alten beim Einsteigen.
„Lasse doch doof sein, wenns'n Spaß macht!"
„Mensch, der läßt zwei Märker reinrutschen, nachts um zweie, wo die Kontrolleure pennen."
„Hat aber nich mal 'ne Karte gezogen", sagte ein Kumpel amüsiert.
Der Dritte, mit dem Rücken zur Tür, drehte den Kopf und musterte Mourikis. „Witzfiguren!" Verächtlich wandte er sich ab.
Auf den Sitzen drückten sich die Alten eng aneinander. Mouriki umklammerte den Knotenstock.
„Vielleicht hätten wir was zu essen mitnehmen sollen", sagte er.
Die Frau zuckte die Schultern. „Sie hat den Korb weggestellt. Wie sollte ich den im Dunkeln suchen, ohne daß sie mich hört."
„Ist ja gut. Hauptsache wir haben unser Geld, die Papiere und die Adresse. Mein Kopf tut wieder weh. Immer wenn ich in der Stadt bin, tut mir der Kopf weh. Das war schon in Thessaloniki so. Aber hier ist's besonders schlimm."
„Ich habe noch zwei Tabletten für dich. Aus dem Krankenhaus, wo sie mich verbunden haben."
„Warte damit", sagte Mouriki, „man muß trinken dazu."
Hin und wieder hielt die Bahn. Irgendwo stiegen die drei Burschen aus. Mourikis waren die einzigen Fahrgäste. An der Endhaltestelle kam der Fahrer zu ihnen und sagte, das wär's

gewesen, hier müßten sie raus. Als er merkte, daß sie ihn nicht verstanden, klatschte er in die Hände und führte sich auf, als habe er Hühner aus dem Stall zu scheuchen.
Mouriki lief los. Einfach der schmalen, asphaltierten Straße nach, die er in der Dunkelheit unter den Füßen spürte. Die Frau hielt sich dicht hinter ihm. Nach einer Stunde ungefähr ging die Straße in lehmigen Boden über. Am Himmel riß die Wolkendecke auf, vereinzelt hingen Sterne über ihnen, der Mond beschien eine flache Wiesenlandschaft. Dunkel hob sich in der Ferne Wald ab. Darauf hielten sie zu. Als sie ihn erreicht hatten, warfen sie sich erschöpft und wortlos auf die Erde und schliefen, bis ein neuer, nebeltrüber Dezembertag sie umgab.
Sie wußten weder, wie lange sie geschlafen hatten, noch wo sie sich befanden, doch sie fühlten sich ausgeruht, und wenn nicht die Trauer um den Sohn gewesen wäre, hätte es nichts gegeben, was sie beunruhigen konnte. Mouriki war jetzt auch ohne Kopfschmerz. Da es zu nieseln begann, beschlossen sie, durch den Wald zu laufen. Irgendwo würde er zu Ende sein, irgendwann würden sie Häuser finden, Menschen begegnen. Die konnten ihnen dann den Weg zu jener Adresse weisen, die ihnen der junge Grieche aufgeschrieben hatte.
Nach einem langen Marsch lichtete sich der Wald. Häuser waren nicht zu sehen. Der Schneeregen wehte als grauschmutziger Schleier vor ihnen her und verwehrte ihnen die Sicht. Auf schmalen, lehmigen Wegen liefen sie durch Wiesen und Äcker, Mouriki voran, zwei, drei Schritte hinter ihm die Frau, wie es sich gehörte. Der Nieselregen ließ nach. Sie rasteten unter einer Baumgruppe.
„Ich habe Hunger“, sagte Mouriki.
„Wenn wir in ein Dorf kommen, kaufe ich uns Essen“, erwiderte die Frau.
Noch war weit und breit kein Anwesen zu sehen. Sie zogen weiter, trafen auf ein Feld mit Rosenkohl, rissen einige Stauden aus und kauten im Weitergehen die Röschen.
„Rosenkohl wächst nicht wild“, sagte Mouriki, „den haben Bauern angepflanzt.“

„Ja", erwiderte die Frau, „jetzt werden wir bald unter Menschen sein."
Das Dorf lag hinter einer Anhöhe. Es regnete nicht mehr. Wind war aufgekommen, fegte die Wolken auseinander, die Sonne hing als blasse Scheibe am Himmel, umgeben von blaßblauen Flecken. Die Anhöhe, auf der sie standen, bot gute Aussicht. Hinter dem Dorf waren noch vereinzelte Gehöfte zu erkennen, links von ihnen Wald, rechts Ebene und in der Ferne Berge. Nicht so hoch wie in Makedonien oder im Menikion-Gebirge, aber es war eine gute Landschaft, fand Mouriki.
„Warum er nicht hierher gezogen ist, unser Georgios", sagte er zu der Frau. „Hier hätte er sogar Ziegen weiden können."
„Vielleicht hat *sie* das nicht gewollt." Die Frau kramte in der Manteltasche nach Geld und der Adresse. „Ruh dich aus, Manolis, wenn du willst", sagte sie. „Ich besorge Essen und frage nach dem Weg."
Mouriki war's zufrieden. Ihm stand der Sinn ohnehin nicht nach Menschen, die ihm fremd waren und seine Sprache nicht verstanden. Er setzte sich in den Windschatten der Fichten, die auf der Anhöhe wuchsen und schaute der Frau nach, die zum Dorf hin schritt. Kein Zweifel, sie war ihm eine gute Frau. Sein Vater hatte recht getan, als er sie für ihn ausgehandelt hatte. Warum nur widersetzten sich heutzutage die Kinder den Bräuchen und den Erfahrungen der Eltern? Warum verließen sie den Wald und die Weiden und gingen in die Städte, die sie verdarben und schließlich vernichteten? Er dachte daran, was für ein gutes Leben sein Ältester gehabt hätte, wenn er bei ihm und der Herde geblieben wäre, und während er vor sich hinträumte, fielen ihm die Augen zu.
Er erwachte vom Duft frischen Brotes. Die Frau hielt es ihm unter die Nase. Es war ein halbes, weißes, längliches Brot, ein wenig warm noch. Sie aßen es bis zur letzten Krume auf.
„Das hast du gut gemacht", sagte Mouriki zufrieden.
„Ich habe einem Kind Geld gegeben und ihm gezeigt, daß ich essen möchte. Da ist noch etwas."
Es war ein Stück Apfelkuchen, das sie sich teilten und eine Handvoll Bonbons.

„Die schmecken nach Minze“, sagte Mouriki erfreut. „Hast du dir auch den Weg zeigen lassen?“
„Ja“, antwortete die Frau, „ich kenne jetzt den Weg.“ Sie wies zum Wald hin. „Wir müssen zu einer kleinen Stadt, dort hinter dem Wald. Aber es ist weit, und die Leute haben so gemacht...“ Sie legte die Hände flach aneinander und die Wange darauf. „Sicherlich haben sie gemeint, es wird noch einmal Nacht, bevor wir die Stadt erreichen.“
„Soll mir recht sein“, erwiderte Mouriki, „schlafen wir wieder im Wald. Die Städte bekommen mir nicht.“
Als sie aufbrachen, war die Sonne verschwunden und die Landschaft verdämmerte. Bevor sie den Wald erreichten, kreuzten sie einen breiten, festen Weg. In der Ferne erkannten sie eine Gestalt, die sich schnell näherte – eine Frau auf einem Fahrrad. Sie stieg ab, als sie heran war, musterte die beiden Alten, und sprach auf sie ein. Da sie kein Wort verstanden, zuckten sie nur die Schultern, kreuzten schnell den Weg und liefen auf den Wald zu.
Als sie ihn erreicht hatten, verschnauften sie und Mouriki sagte: „Wir hätten ihr die Adresse zeigen sollen.“
Heftiges Kopfschütteln war die Antwort.
„Wozu? Ich weiß den Weg. Aber vielleicht läßt Georgios' Frau uns nachspüren, um uns zurückzuholen. Nein, Manolis, wir vertrauen uns niemandem an, außer unseren Landsleuten.“
Das stimmte. Das war sicherer. Wenn er es recht bedachte, was hatte diese Frau mit einem Rad um diese Zeit und bei dem Wetter durch die einsame Landschaft zu streifen? Sah das nicht danach aus, als suche sie jemanden? Schweigend liefen sie weiter. In Gedanken erlebte Mouriki noch einmal die Ankunft in D., das vergebliche Warten auf dem Bahnhof, die Stunden in der Wohnung des Sohnes, in der die Schwiegertochter mit einem Fremden lebte und die Nacht, in der sie Totenwache bei einer Kerze gehalten hatte. Was war mit Georgios geschehen? Seine griechischen Landsleute würden es herausfinden für ihn. Und dann?
Konnte er das Haus ohne Georgios bauen? Der Schwiegersohn war ein Taugenichts, obwohl Maurer von Beruf, ver-

mochte er der eigenen Frau kein festes Dach über dem Kopf zu bieten. Wozu brauchte er eigentlich das Haus, wenn Georgios nicht mehr lebte? Wozu diese Anstrengung? Weshalb das Leben noch ändern im Alter, wenn dieser Aufwand dem Sohn nicht zugute kam? Es war wohl das beste, bei der Herde zu bleiben, bis die Kräfte ihn und seine Alte verließen. Sie würden ein letztes Mal aus Stroh eine Kegelhütte bauen und darin auf den Tod warten, wie es für Hirten würdig war. Nur den Pferch würde er nicht mehr aufrichten. Mochten die Ziegen auseinanderlaufen. Irgendwer würde sie schon holen. Und wenn's der Teufel war . . .!

Schmerz durchzuckte seine Hüfte, stach zum Bein hin. Er war gestolpert bei seinen Träumereien und gefallen. Die Frau stützte ihn, er kam auf die Beine.

„Hast du dir wehgetan?"

„Ach", sagte er, „der Tod unseres Sohnes tut mir weh."

„Mir auch, Manolis." Sie lehnte sich an ihn. „Du zitterst. Ist dir kalt?"

„Nein", sagte er, und die Zähne schlugen ihm aufeinander, „es ist heiß, mein Kopf ist schwer wie ein Stein, und ich möchte trinken."

Sie legte ihm die Hand auf die Stirn.

„Du hast Fieber, Manolis." Aus der Manteltasche kramte sie zwei in Zellstoff gewickelte Tabletten. „Schluck die Tabletten, die sie dir im Krankenhaus gegeben haben. Wir suchen Wasser, und wenn wir getrunken haben, legen wir uns schlafen."

Mouriki würgte die Tabletten hinunter.

„Ja", sagte er, „trinken, trinken."

Dann liefen sie weiter durch den fremden, nachtdunklen Wald, getrieben von Durst und geleitet von dem Instinkt, auf den Naturmenschen sich zeit ihres Lebens verlassen können. Die Frau war es, die zuerst durch die Bäume einen hellen Schein gewahrte. Es war ein Teich, sein Wasser vom Wind gekräuselt, und wenn die Wolken sich teilten, spiegelten sich zitternd Mond- und Sternenlicht darin.

Am Waldrand zog Mouriki den Mantel aus und hängte ihn sich über den Kopf.

„Ich mag's nicht, wenn das Wasser in den Hals tropft", sagte er.
„Wie fühlst du dich?" fragte die Frau.
„Besser. Wenn ich getrunken und geschlafen habe, werde ich in Ordnung sein, wie du gesagt hast. Komm."
Der Teich war nicht weiter als dreißig Meter vom Wald entfernt. Um ans Wasser zu gelangen, mußten sie durch Morast. Die Frau zog ihre Schuhe aus und riet Mouriki, dasselbe zu tun, doch er hörte nicht auf sie. Nach einigen Schritten aber fuhr er aus den Schuhen und watete weiter.
„Trinken wir", sagte die Frau hinter ihm.
„Nein. Komm weiter. Am Rand ist das Wasser schmutzig."
Sie zog den Mantel aus, dessen Saum schon das Wasser berührte und warf ihn weit von sich zum Ufer hin. Dann stapfte sie Mouriki nach, der sich schon nach ihr umsah.
„Hier ist es gut", sagte er.
Sie standen beide knietief im Wasser und sahen ihre Spiegelbilder, verzerrt und zerfließend durch das Wellengekräusel. Mouriki beugte sich vor, den Mund geöffnet, die fieberheißen Lippen leicht gespitzt.

Die Ermittlung

Morgens, kurz vor Schluß seines Nachtdienstes, rief Hauptwachtmeister Erdmann nochmals an.
„Orlandos scheint nicht in Halle zu sein", sagte er, „im Wohnheim hat ihn niemand gesehen. Können wir die Sache auf sich beruhen lassen oder soll ich rausfinden, wo er steckt?"
Ich gähnte ein wenig und überlegte laut.
„Seine Eltern habe ich heute nacht bei der Schwiegertochter abgeliefert, und es liegt uns keine Vermißtenanzeige vor. Wo er seine Nächte verbringt, geht uns nichts an. Allerdings gefällt mir nicht, daß uns Frau Orlandos belogen und behauptet hat, ihr Mann wäre heute nacht am Telefon gewesen. Und den beiden Alten habe ich versprochen, sie zu benachrichtigen, wo ihr Sohn steckt."
„Also weiterkurbeln", kommentierte Erdmann müde.

„Ja, aber das mußt nicht *du* machen. Wer hat denn Dienst heute morgen?“
Er nannte mir einen Namen, der mir nichts sagte.
„Informiere ihn über das Wichtigste, laß ihn herausfinden, wo Orlandos steckt, und ab vierzehn Uhr kann er mich hier erreichen.“
„Ab vierzehn Uhr schon wieder?“ fragte der Hauptwachtmeister zurück. „Herzliches Beileid. Ich hab' bis morgen früh frei.“
„Schlaf schön.“
Ich fuhr nach Hause, stellte meine innere Uhr auf zwölf ein und erwachte gegen eins. Um Speck und Eier zu brutzeln, reichte die Zeit trotzdem noch, und wenige Minuten nach vierzehn Uhr saß ich wieder in der Dienststelle am Schreibtisch. Eine Stunde lang konnte ich ungestört Ermittlungsergebnisse eines Vorganges studieren, der in den nächsten Tagen abzuschließen war. Dann klopfte es, ein Wachtmeister trat ein und sagte, da sei ein Bürger, der darauf bestehe, sein Anliegen nur mir vorzutragen. Er schien verärgert, daß dieser Bürger ihn einfach zu übergehen gedachte, und setzte seine Hoffnung in mich, derlei Sprünge auf dem Wege dienstlicher Gepflogenheiten zu untersagen. Ich bat den Mann herein.
Er war nicht mehr als mittelgroß, kräftig ohne Fettansätze, hatte dunkles, gekräuseltes Haar und ruhige, kastanienbraune Augen. Er sagte: „Ich bin Georgios Orlandos.“
Ich trat hinter dem Schreibtisch vor, schüttelte ihm die Hand und fühlte mich erleichtert wie immer, wenn Probleme in Ordnung kamen, bevor sie zu einer dienstlichen Angelegenheit wurden. So ungefähr sprach ich und dankte ihm für seinen Besuch. Ein Blick in seine Augen dämpfte mein Hochgefühl. Ich bot ihm Platz an und setzte mich wieder hinter den Schreibtisch.
„Meine Eltern sind verschwunden“, sagte er.
Was für eine Familie! Kamen die Eltern, war er nicht aufzufinden, tauchte er auf, verschwanden die Eltern. Er sagte langsam, jedes Wort betonend: „Ich bin sehr beunruhigt.“

„Das waren Ihre Eltern gestern auch."
„Kann ich mir denken." Er runzelte die Stirn.
„Und Ihre Frau hat heute nacht am Telefon mit Ihnen gesprochen in einem Hallenser Wohnheim, in dem Sie überhaupt nicht gewesen sind."
Er zögerte mit der Antwort, ließ aber den Blick nicht von mir. Er schien nicht nach Ausreden, sondern nach einer plausiblen Erklärung zu suchen.
„Bevor ich wegfuhr, hatten wir eine kleine Auseinandersetzung. Ich habe ihr nicht gesagt, daß ich diesmal nicht in Halle, sondern in Zwickau eingesetzt bin."
„Und warum hat sie uns belogen und behauptet, sie hätte mit Ihnen gesprochen?"
„Warum sollte eine kleine private Meinungsverschiedenheit vor der Polizei ausgebreitet werden?" fragte er zurück. „Dadurch erhält alles eine so . . . unpassende Bedeutung." Er sprach mit wenig Akzent, langsam und überlegt. „Meine Frau wußte doch, daß ich spätestens am dreiundzwanzigsten zurückkommen würde, ganz gleich, wo ich mich aufhielt, und daß die Sorgen meiner Eltern völlig unbegründet waren."
„Aber nun sind sie weggelaufen", stellte ich fest. „Hoffen wir, daß sie bald und diesmal unverletzt bei Ihnen oder bei uns abgeliefert werden."
„Bitte, lassen Sie sie suchen."
Ich fragte ihn, seit wann sie verschwunden seien. Weder er noch seine Frau wußten es. Sie war morgens zur Arbeit gegangen ohne in Jaquelines Zimmer nach den Schwiegereltern zu sehen. Ich unterbrach ihn.
„Ist ihr nicht aufgefallen, daß die beiden Mäntel nicht mehr im Korridor hingen? Oder sind sie ohne Mäntel los?"
„Nein. Aber es ist ihr nicht sofort aufgefallen. Morgens, verstehen Sie, da ist sie immer in Eile, aber noch nicht richtig wach. Ich glaube, das passiert erst im Büro nach dem ersten Kaffee."
„Also, wann ist sie dahintergekommen, daß was nicht stimmt?"
Von selbst war sie überhaupt nicht darauf gekommen. Die Polizei hatte gleich am Morgen mit Orlandos Betrieb in D. telefoniert, erfahren, daß er sich in Zwickau befand und darum

gebeten, ihn sofort nach Hause zu schicken. Als er kurz nach dreizehn Uhr die Wohnung betrat, war niemand anwesend. Er sah, daß Jaquelines Zimmer für die Eltern hergerichtet war. Neben dem Bett stand ein leicht zerbeultes Köfferchen, an der Wand lehnte der Spazierstock des Vaters. Im Wohnzimmer entdeckte er einen Korb mit griechischem Schnaps, getrockneten Feigen und Kleinigkeiten, die aus Griechenland stammten. Er hoffte, die Alten seien mit seiner Frau unterwegs, da er ihre Mäntel nirgends sah. Als er seine Hausschuhe aus dem Schuhschrank nehmen wollte, fielen ihm zwei Paar Straßenschuhe auf, die nur den Eltern gehören konnten.
Vom nächsten Telefon aus rief er seine Frau an. Erst da besann sie sich darauf, daß am Morgen nur ihr Mantel an der Garderobe gehangen hatte. Er fuhr zu ihr ins Büro, und sie erzählte ihm, was seit der Ankunft seiner Eltern geschehen war, auch daß sie die schlechte telefonische Verbindung ausnutzte in der Hoffnung, die Schwiegereltern zu beruhigen. Sie hatte nicht damit gerechnet, daß die Mutter ans Telefon kommen würde.
„Ich kann mir gut vorstellen", sagte Georgios Orlandos, „daß meine Eltern von diesem Zeitpunkt an verängstigt waren und meiner Frau mißtrauten."
„Sie haben ihr schon vorher mißtraut", widersprach ich, „ihr und Ihrem Hausfreund Stefan Hillig."
Zum ersten Mal schlug er die Augen nieder.
„Ihre Eheprobleme interessieren mich nur, wenn sie im Zusammenhang mit Ihren verschwundenen Eltern stehen."
„Ich fürchte, da besteht ein Zusammenhang", sagte er. „Die Eltern haben mich erwartet und ihn vorgefunden. Daß Lena ein Verhältnis mit ihm hat, halte ich für Geschwätz der Nachbarn. Ich habe nicht vor, meine Frau auszufragen. Unsere Streitereien drehten sich nicht um solche Dinge, sondern um meine Arbeit. Ich soll damit aufhören, auf Montage zu fahren. Ja, ich sehe ein, daß das keine richtige Ehe ist, so wie wir jetzt leben, aber ich verdiene gut, und das hat sie auch gewollt. Ich habe ihr versprochen, mit der Außenmontage aufzuhören. Jetzt, wo wir ordentlich eingerichtet sind, können wir auch et-

was weniger Geld in Kauf nehmen. Jedenfalls ist mir meine Ehe mehr wert als Geld. Ich habe das alles wohl recht spät begriffen. Hoffentlich nicht zu spät. Denn so schnell, wie ich da rauskommen möchte, spielt der Betrieb nicht mit. Ich muß noch mindestens acht Wochen auf Außenmontage, obwohl ich meiner Frau versprochen habe, ab ersten Januar ist Schluß damit. – Aber das sind die Probleme der Zukunft. Jetzt muß ich meine Eltern finden. Vielleicht sind sie noch in der Nacht weggelaufen, kurz nachdem Sie sie zurückgebracht haben."
Ich fragte ihn, ob es einen Anhaltspunkt für diese Annahme gäbe. Sie konnten ebensogut zu einem Stadtbummel unterwegs sein.
„Die Kerze", sagte er, und jetzt sah er mir wieder in die Augen. „Meine Frau sitzt gern bei Kerzenlicht, das warm ist und gemütlich. Ich habe mich auch daran gewöhnt. Heute nacht, als die Eltern zurück waren, hat sie noch ein paar Minuten bei Kerzenlicht gesessen, um innerlich ruhig zu werden. Sie hatte bemerkt, daß meinen Vater das grelle Lampenlicht stört, und als er mit meiner Mutter aus Jaquelines dunklem Zimmer trat, hat sie ihm die brennende Kerze gegeben."
Er schwieg, und ich wußte nicht, wo das Problem steckte.
„Zu Hause zünden wir Kerzen an, wenn wir um einen Toten trauern."
Schlagartig wurde mir klar, was in den beiden Alten vorgegangen sein mußte.
Für eine Vermißtenanzeige war es trotzdem noch zu früh. Die konnte erst am folgenden Tag erlassen werden, falls die beiden bis dahin nicht gefunden wurden. Doch ich versicherte Orlandos, sofort einen Rundspruch an alle Dienststellen durchzugeben, die ihrerseits die Funkstreifenwagen verständigen würden und bat ihn, nach Hause zu gehen und meine Dienststelle sofort anzurufen, falls die Eltern bei ihm auftauchten oder er einen Hinweis bekam, wo sie stecken konnten.

Erna Sagert arbeitete auf der Papenhainer Entenfarm und war in weitem Umkreis als Enten-Erna bekannt. Die Farm lag nahe genug an ihrem Wohnhaus, um zum Frühstück und Mittag nach Hause zu huschen, Kaffee zu kochen und vorbereitetes Essen aufzuwärmen.

Am Morgen des 21. Dezember, gegen neun Uhr, hängte sie ihren Regenmantel um, fuhr in die Stiefel und trabte auf eine Tasse Kaffee nach Hause. Der Wind pfiff, und feiner Eisregen stach ihr ins Gesicht. Von weitem sah sie etwas vor der Haustür liegen, das nach einem Paket aussah. Im stillen schimpfte sie auf die jungschen Weihnachts-Aushilfen bei der Post, die sich die Arbeit ziemlich leicht machten und den Geschenkesegen einfach vor der Tür abluden. Wie lustlose Weihnachtsmänner.

Beim Näherkommen ähnelte der seltsame Gegenstand einem halbgefüllten Sack. Doch als er sich bewegte, begriff Erna Sagert, daß vor ihrer Tür ein Mensch lag, eine Frau. Eben rappelte sie sich auf, kniete, mit dem Kopf zum Haus hin, hob langsam die Arme und schlug gegen die Tür.

„Hier!“ rief Erna Sagert, „hier bin ich!“ und sie rannte und schlitterte auf dem regenüberfrorenen Weg, so schnell sie vermochte.

Die Frau lag wieder auf der Erde, steifgefroren wie ein nasses Leinentuch.

„Um Himmels willen, was ist passiert? Wo kommen Sie her? Ohne Mantel und barfuß! Großer Gott, wieso denn barfuß?“

Erna Sagert schloß die Haustür auf, faßte die Frau unter die Achseln und zog sie in den Flur, kopfschüttelnd darüber, daß sie ein braunes Kopftuch trug, aber weder Mantel noch Schuhe. Ihre Linke umkrallte zwei Ausweise, die Rechte graue Wollstrümpfe, ebenfalls steifgefroren.

„Können Sie reden? Mir Ihren Namen sagen?“

Die Frau, deren Alter Frau Sagert nicht zu schätzen vermochte, sah sie nur an. Es war ein verständnisloser, irrer Blick. Frau Sagert schleifte sie ins Zimmer vor den Ofen, den sie am Morgen schon geheizt hatte. Aus der kältestarren Faust löste sie vorsichtig die Papiere und lief damit los, bog in den Seitenweg ein, der zum Park führte, mit alten Bäumen, immergrünen Hecken und großen, jetzt vereisten Rasenflächen. Der Hauptgang zur Villa hin war gefegt und gestreut, und Frau Sa-

gert rannte, daß ihr die Seite stach. Über der schweren Eichentür stand in großen Buchstaben *FDGB-Erholungsheim „Waldidylle“*, aber die Tür war verschlossen. Frau Sagert eilte zum Lieferanteneingang. Auch da kein Einlaß. Sie trommelte an eines der Küchenfenster, hinter dem Licht brannte, bis die Küchenleiterin den Lieferanteneingang aufschloß.
„Was'n los?“
Das klang drohend, und die Tür wurde nur einen Spalt geöffnet. Frau Sagert stieß sie auf, kriegte vor Atemnot kein Wort heraus und rannte die Treppe hoch zum Zimmer der Heimleiterin. Dort legte sie, noch immer keuchend, die Papiere auf den Tisch, ließ die Arme fallen und zwang sich zur Ruhe.
Zwanzig Minuten später lag Duola Mouriki in einer Badewanne der *„Waldidylle“*, die Arme über der Brust verschränkt und in Schlüpfern. Sie hatte sich gewehrt und gewinselt wie ein Tier, als die Krankenschwestern sie entkleideten. Nach dem Bad wirkte sie gelöster, zog trockene, von den Heimbewohnern zusammengetragene Unterwäsche, Rock und Pullover an und löffelte warme Suppe.
Im Polizeiwagen schlief sie ein. Ihr Sohn Georgios, zu dem man sie brachte, nahm sie wie ein Kind auf die Arme und trug sie in Jaquelines Zimmer.

Sie erschien mir kleiner, kältegeschrumpft, als ich sie auf dem Bett liegen sah. Wie ihr Mann ängstigte auch sie sich vor dem weichen, erstickenden Deckbett. Georgios hatte es weggepackt, und sie lag bekleidet, aber nicht zugedeckt.
Ich hatte den Polizeiarzt und Herrn Papadaki als Dolmetscher mitgebracht. Orlandos quittierte das stirnrunzelnd und schweigend. Seine Augen fragten, womit er dieses Mißtrauen verdient habe. „Sobald Ihre Mutter vernehmungsfähig ist, müssen wir sie befragen und ein Protokoll aufsetzen“, sagte ich, „ein unparteiischer Dolmetscher ist Vorschrift.“
Über Frau Mourikis Vernehmungsfähigkeit waren wir unschlüssig. Bald schlief sie, bald starrte sie geistesabwesend zur Decke, manchmal tastete sie nach der Hand ihres Sohnes und weinte.

„Versuchen Sie's", sagte der Arzt, „ein Wunder bleibt's allemal, daß sie Tag und Nacht mit nassen Kleidern, barfuß und bei Minusgraden im Freien war und nicht einmal einen Schnupfen davonzutragen scheint."
„Sie hat von jeher lieber unterm Himmel, als unterm Strohdach geschlafen", sagte Orlandos, „auch wenn es kalt war oder geregnet hat."
Wieder fielen ihr die Augen zu. Ihr Atem ging leicht und gleichmäßig. Der Arzt riet, sie noch zwei, drei Stunden schlafen zu lassen und am Nachmittag nach ihr zu sehen. Ich war einverstanden. Es war erst gegen zwölf Uhr.
Orlandos aber sagte: „Sie können ruhig mit ihr sprechen."
Da wies ich Papadaki an, sie zu fragen, wo ihr Mann geblieben sei.
Sie öffnete die Augen, sah durch uns hindurch und schwieg.
„Mutter! Sag mir, wo mein Vater ist!"
Orlandos sprach griechisch und Papadaki übersetzte. Im Wesentlichen blieb es auch später so.
„Lichter! Da waren Lichter", stammelte sie. Und dann: „Nein, die Sonne hat geschienen und wir haben Brot gegessen. Da war er noch bei mir."
„Und dann? Warum hast du ihn allein gelassen?"
Sie tastete nach seiner Hand.
„Ich habe ihn nicht allein gelassen, Georgios. Bin immer drei Schritt hinter ihm gewesen."
„Wo habt ihr euch verloren? Mutter, erinnere dich!"
Sie weinte.
„Manolis! Er ist mir ein so guter Mann gewesen. Warum mußten wir hierherfahren!" Plötzlich richtete sie sich auf. „Sie hat die Totenkerze für dich angezündet, und wir hatten Angst!"
„Ich weiß, Mutter."
Sie hatte sich wieder zurückgelehnt und die Augen geschlossen.
„Mutter, niemand macht euch einen Vorwurf daraus, daß ihr weggelaufen seid, aber versuche, dich an den Weg zu erinnern und daran, wo du deinen Mann verloren hast."
„Ich weiß nicht, wo wir gewesen sind, Georgios. In den Bergen

habe ich mich noch nie verlaufen, aber hier, hier weiß ich nicht, wo wir gewesen sind."
„Erzähle mir, was du gesehen hast."
Mit einer Bahn seien sie gefahren, sagte sie, bis der Fahrer sie an die Luft gesetzt habe.
„Wiesen und Wald. Hügel. Ein Dorf, wieder Wiesen und Wald."
Damit war D. nach allen Himmelsrichtungen hin gesegnet!
„Und weit in der Ferne Berge. Aber nicht so hoch wie zu Hause."
Süden! Das Gebirge war im Süden.
„Wo wolltet ihr denn hin, Mutter?"
„Zu unseren Landsleuten, die wir im Zug getroffen haben. Der Junge hat mir die Adresse seines Bruders aufgeschrieben."
„Wie wolltest du deine Landsleute finden?"
„Wie wir deine Wohnung gefunden haben."
„Hat Ihre Mutter die Adresse der Griechen unterwegs jemandem gezeigt?" fragte ich.
Sie starrte zur Decke.
„Natürlich", sagte sie schließlich. „Das Kind hat Brot gekauft."
„Ein Junge? Ein Mädchen?"
„Ein Junge. Dann kam ein Mann, den habe ich den Zettel gezeigt."
„Und er? Was hat er getan?"
„Gesprochen mit mir, aber ich habe ihn nicht verstanden. Da hat er mir die Richtung gezeigt. Zum Wald hin. Ich dachte, hinter dem Wald werden sie wohnen und bin mit deinem Vater in diesen Wald gelaufen." Unvermittelt sagte sie: „Ich muß nach Griechenland! Muß nach Hause! Die Ziegen! Manolis ist ein guter Züchter. Es sind kräftige, gesunde Tiere. Ich muß nach Hause."
„Ohne deinen Mann, Mutter?"
„Vielleicht ist er schon auf dem Weg nach Hause. Ich muß nach Hause."
„Er hat kein Geld und keine Papiere. Du hast die Papiere in der Hand gehalten. Warum, Mutter?"

„Mein Mann hat gesagt, ich soll immer die Papiere nehmen und das Essen."
„Wo habt ihr unterwegs geschlafen?"
„Im Wald."
„Am Morgen hat man dich bei einer Geflügelfarm gefunden."
„Mein Mann hat nicht mehr neben mir gelegen, als ich aufgewacht bin. Ich habe nach ihm gerufen und bin durch den Wald gegangen."
„Wo hast du deinen Mantel gelassen, Mutter?"
Wieder ein Blick zur Decke..
„Ich habe doch auf meinem Mantel geschlafen."
„Warum hast du ihn nicht angezogen am Morgen?"
„Weil Manolis nicht mehr neben mir lag. Ich bin aufgestanden und habe meinen Mann gesucht. Dann konnte ich die Stelle nicht wiederfinden, wo wir geschlafen haben und wo der Mantel lag."
„Und deine Schuhe, Mutter? Wo sind deine Schuhe?"
Er stellte die richtigen Fragen. Ich hätte es kaum besser machen können.
„Ich weiß nicht, wo meine Schuhe geblieben sind. Ich hatte sie ausgezogen, bevor ich mich schlafen gelegt habe."
„Warum, Mutter?"
Keine Antwort. Orlandos blieb hartnäckig, bis sie sich erinnerte, daß die Schuhe gedrückt und die Füße geschmerzt hatten.
„Waren sie naß, die Schuhe?"
„Ich erinnere mich. Sie waren gefroren am Morgen, und ich konnte sie nicht mehr anziehen."
„Deine Strümpfe sind auch naß gewesen. Bist du durch einen Bach oder einen Teich gewatet?"
„Wasser", sagte sie und wiederholte das Wort. „Wir hatten Durst und haben getrunken."
„Aus einem Bach?"
„Aus einem Teich."
„Erzähle mir von diesem Teich."
Die Alte schien uns vergessen zu haben, sie blickte entweder ihrem Sohn ins Gesicht oder starrte zur Decke und konzen-

trierte sich. Und Orlandos stellte genau die Fragen, deren Beantwortung einen Kriminalisten weiterhelfen, wenn er das Rätsel um eine verschwundene Person zu lösen hat.

„Der Teich lag hinter einem Wald. Dreißig Schritt hinter einem Wald. Aber es war dunkel, und ich habe nicht gesehen, wie groß er ist."

„Ihr seid ins Wasser gelaufen?"

„Ja."

„Über Sand? Durch Schilf? Hast du vielleicht ein Boot gesehen?"

„Da war kein Boot. Aber viel Morast. Wir sind ungefähr zehn Schritte ins Wasser gelaufen, ehe es klar war und wir trinken konnten."

„Und dann?"

„Haben wir uns schlafen gelegt im Wald."

„Gibt es noch irgend etwas, woran du dich erinnerst und was du mir sagen mußt?"

Eine kleine Weile lag sie mit geschlossenen Augen, blickte auch nicht auf, als sie sagte: „Er hatte Kopfschmerzen, dein Vater. Er hat die beiden Tabletten geschluckt, die sie uns im Krankenhaus gegeben haben. Seine Stirn war heiß, seine Augen glänzten, und er hatte großen Durst. – Am Morgen hat er nicht mehr neben mir gelegen."

Unter ihren geschlossenen Lidern rannen Tränen hervor, liefen ihr über die Schläfen und tropften aufs Kissen. Schweigend blickte Orlandos mir ins Gesicht, schweigend gab er mir zu verstehen, daß das alles war, was er im Augenblick tun konnte. Es war mehr, als ich erwartet hatte.

Im Wohnzimmer saß Lena Orlandos an einem mit Tellern und belegten Broten gedeckten Tisch. Die Teekanne stand auf einem gläsernen Wärmer, und das Teelicht durchflutete die Flüssigkeit mit goldbraunem Glanz. Frau Orlandos bat uns, zu einer Tasse Tee zu bleiben. Ich lehnte ab, und der Polizeiarzt, der in meinem Wagen mitgekommen war, zuckte die Schultern und ging zur Tür. Nur Papadaki setzte sich.

„Ich habe mich bei Ihnen zu entschuldigen", sagte Frau Orlandos ohne Verlegenheit.

Mir lag eine harte Erwiderung auf der Zunge, ich unterließ sie aber um Orlandos willen. Er hatte Kummer genug. Ich dankte ihm für die Hilfe, die er mir in den vergangenen Stunden gewesen war, und meinte mit Zuversicht, daß wir seinen Vater finden würden.
Sekundenlang lag der starre, konzentrierte Ausdruck auf seinem Gesicht, mit dem Mutter Mouriki seine Fragen beantwortet hatte. Dann sagte er: „Ja, natürlich", und begleitete uns zur Tür.

Als erstes formulierte ich in der Dienststelle die Vermißtenanzeige. Wenn wir Glück hatten, begegnete Mouriki jemandem, der die Anzeige kannte und ihn bei der Polizei ablieferte. Mit etwas weniger Schicksalsgunst konnten wir zumindest Hinweise erhalten, wo er zu suchen war.
Darüber grübelte ich schon, bevor die Anzeige erschien und kam zu dem Schluß, alle Dienststellen südlich von D. anzuweisen, ihre Funkstreifen nach Manolis Mouriki Ausschau halten zu lassen. Südlich von D. gab es Teiche, und die Hügellandschaft ging allmählich ins Gebirge über. Außerdem lag die Papenheimer Entenfarm südwestlich von D. in der Ebene zwischen dem Neubaugebiet und dem Grüngräbener Hochwald.
Von allen Versionen, die ich in Gedanken um Mourikis Verschwinden aufstellte, drängten sich zwei als wahrscheinlich auf. Seine Frau sagte, er habe gefiebert und zwei Kopfschmerztabletten geschluckt. Nach dem Trinken konnte er sich vorübergehend wohler gefühlt haben und an der Seite seiner Frau eingeschlafen sein. Vielleicht war das Fieber dann stärker geworden, hatte ihm den Schlaf vertrieben, und er war entweder losgelaufen ohne ganz bei Sinnen zu sein, irrte noch immer umher, lag hilflos irgendwo im Freien – oder Durst hatte ihn wieder gequält, er war fiebergeschüttelt in den Teich gelaufen, zu weit womöglich, vielleicht auch ausgeglitten auf dem Schlick, ins Wasser gefallen und ertrunken.
Am Abend, kurz nach Veröffentlichung der Anzeige, meldete sich der Diensthabende eines Reviers in der Südstadt.

„Wir haben hier den Fahrer der Straßenbahnlinie Nummer vier“, sagte er, „der hatte in der Nacht Dienst und mußte an der Endhaltestelle zwei alte Leute aus dem Wagen holen. Die Beschreibung in der Vermißtenanzeige paßt haarscharf auf den Mann, meint er.“

Bei der Suche nach Manolis Mouriki hatten wir also die richtige Spur aufgenommen. Geografisch zumindest.

Am nächsten Morgen schickte ich eine Funkstreife bei Orlandos' vorbei, um zu erfahren, wie es Frau Mouriki gehe. Falls sie sich kräftig genug zum Aufstehen und für eine Fahrt nach Papenhein fühlte, wollte ich sie am Nachmittag dorthin bringen, wo man sie aufgefunden hatte. Möglicherweise half ihr das, sich zu erinnern, welchen Weg sie genommen hatte, und wir konnten ihn zurückverfolgen bis zu jener Stelle, an der sie sich mit ihrem Mann schlafen gelegt hatte. Dann würden wir auch wissen, welcher Teich abzusuchen war, falls Mouriki bis dahin nicht gefunden wurde.

Während ich auf die Meldung der Funkstreife und auf Anrufe wartete, die mir „zweckdienliche Hinweise“ brachten, forderte ich vom Meteorologischen Dienst der DDR den Wetterbericht vom 20. zum 21. 12. im Raum von D. an und leitete eine Leumundsüberprüfung der Eheleute Orlandos ein.

Gegen 11.00 Uhr meldete sich der Polizeidienst von Fassheide. Das liegt zirka 13 km südlich von der Endhaltestelle der Linie vier in D. In Fassheide war Frau Krämer bei der Volkspolizei erschienen und hatte ausgesagt, wahrscheinlich sei sie dem Mann, den wir suchen, tags zuvor mit seiner Ehefrau auf dem Weg zwischen Fassheide und dem Grüngräbener Hochwald begegnet.

Frau Krämer betrieb während der Sommerzeit einen Bootsverleih am Waldbad. Jetzt im Winter fielen Reparaturen am Bootshaus und an den Booten an, die sie überwachte. Am Nachmittag, ungefähr 15 Uhr, war sie mit dem Rad vom Waldbad den Hauptweg in Richtung Fassheide gefahren. Quer über den Acker kam ein Ehepaar von fremdartigem Aussehen, das Alter schwer zu schätzen. Sie gingen hintereinander. Der Mann voran, überquerten sie den Hauptweg und lie-

fen auf den Grüngräbener Wald zu. Der Frau wurde eine Kollektion von Paßbildern vorgelegt, und sie fand auf Anhieb Duola und Manolis Mouriki heraus.
Die Sache wurde zum Gesprächsstoff in Fassheide, und ein Junge, acht Jahre alt, gab zum besten, zur Mittagszeit habe ihm eine alte Frau Geld aufgedrängt und immerzu die Hand zum Mund geführt, als wolle sie essen. Da sei er zum Bäcker gelaufen, habe Brot, Kuchen und Bonbons gekauft und von allem der Alten „etwas abgegeben“. Frau Krämer brachte auch diesen seltsamen Kavalier zur Polizei.

Die Fläche, die von uns abgesucht werden mußte, umfaßte nach den bisherigen Ermittlungen die Umgebung von Fassheide bis hinüber nach Lehnmühl und dem Waldbad. Weiterhin den Grüngräbener Hochwald samt angrenzender Äcker und Wiesen sowie die Gegend um Papenhain. Innerhalb dieses Gebietes befanden sich außer dem Waldbad acht Teiche, darunter einige verschilfte, einige nicht verschilfte, ein künstlich angelegter, einer, der nur an einer Seite verschilft war, und eine Kiesgrube.
Seit Mittag war der Suchtrupp unterwegs, der ausgehend von der Papenhainer Entenfarm nach der Top-Karte 1 : 25000 und dem entsprechenden Kartenblatt sich Teich für Teich vornahm. Das Wetter war ungünstig. Seit dem Morgen schneite es kleine, wässrige Flocken, die in der Stadt schmolzen, kaum, daß sie die Straße berührten. Außerhalb aber klebten sie zusammen und überzogen das Land mit einer dünnen, weißen Schicht.
Frau Mouriki und ihr Sohn Georgios hielten sich ab Mittag bereit, von uns abgeholt zu werden. Um 14.00 Uhr klingelte ich an Orlandos Wohnungstür.
Er hatte seine Mutter neu eingekleidet und half ihr in einen dunkelbraunen Mantel mit Webpelzkragen. Sie sah durch die neuen Sachen fremd aus. Mit müder Gleichgültigkeit ging sie mit uns zum Wagen hinunter. Sie wußte, wohin wir fuhren. Ihr verwittertes Gebirgsgesicht verriet nicht, was in ihr vorging.

Die Wäsche, die man ihr im Erholungsheim „Waldidylle" geliehen hatte, war von Frau Orlandos gewaschen und ordentlich zu einem Paket verschnürt worden. Georgios Orlandos hielt es während der Fahrt auf den Knien. Ich saß neben dem Fahrer.
Frau Sagert, die die Griechin vor ihrem Haus gefunden hatte, war von unserer Aktion ebenso informiert worden wie Personal und Bewohner der „Waldidylle" und die Angestellten der Entenfarm. Wir brauchten keinerlei Neugierige, die die Straßen bevölkerten. Es sollte alles so sein wie am Vortag, als sie vor der Tür gelegen hatte.
Als wir ankamen, bat ich Orlandos, sie zu fragen, ob sie sich an diesen Ort erinnere. Es war ausgemacht, daß ich meine Fragen über ihn an die Mutter weitergab, da sie ihm gegenüber aufgeschlossener war. Unser Dolmetscher hatte nur noch eine Art Kontrollfunktion inne.
Auf meine Frage hin sagte sie nichts, schüttelte nur den Kopf, den sie nicht einmal gehoben hatte, um sich die Gegend anzusehen. Ich forderte sie dazu auf und ging mit ihr zu Frau Sagerts Haus. Ängstlich schaute sie ihren Sohn an.
Vor der Tür sagte er, entsprechend meiner Anweisung: „Knie nieder, Mutter, und schlage mit den Fäusten gegen die Tür, wie du es gestern getan hast."
„Ich habe gestern gegen keine Tür geschlagen."
„Tu's nur. Du wirst dich gewiß erinnern."
Sie schlug zu. Wir waren beiseite getreten, und von der Entenfarm her kam Frau Sagert angerannt.
„Hier! Hier bin ich!" rief sie, wie sie es am Vortag getan hatte. Sie wollte die Frau auch ins Haus schleifen, doch da schrie Frau Mouriki und schlug um sich.
„Georgios, hilf mir! Warum tut sie das?"
„Weil sie es gestern auch getan hat. Sie hat dich gerettet, Mutter. Vor der Kälte und vor dem Hunger. Erinnere dich doch."
Sie stand auf und blickte um sich. An Georgios blieb der Blick hängen.
„Du warst es, Georgios. Du hast mir zu essen gegeben und mich ins warme Zimmer gelegt."

„Ja, Mutter. Als sie dich zu mir gebracht haben. Aber gefunden hat dich diese Frau hier vor ihrer Tür." Er führte sie hinaus. „Willst du, daß wir deinen Mann finden?"
Sie schluckte. „Manolis, ach Manolis. Warum ist nur alles so gekommen? Natürlich sollt ihr meinen Mann finden."
„Dann mußt du uns helfen. Sieh zum Wald hinüber. Bist du von dort gekommen? Oder da drüben den Weg entlang, der durch die Felder führt?"
Endlich hob sie den Blick, betrachtete ihre Umgebung, wie jemand, der eben erwacht und sich in der Wirklichkeit noch nicht zurechtfindet.
„Ich weiß nicht, ob ich in diesem Wald gewesen bin oder auf dem Feld dort drüben. Mir ist diese Gegend fremd."
„Bringt sie zum Wagen", entschied ich, „wir fahren zum Erholungsheim."
Ich bedankte mich bei Frau Sagert. Sie zuckte die Schultern. „Gestern war Matsch und überfrorener Regen", sagte sie. „Weiß sieht die Gegend ganz anders aus."
Im Erholungsheim gab Orlandos das Wäschebündel ab, und wir ließen seine Mutter von der Leiterin und einer Schwester ins Bad führen, genau wie am Vortag. Als sie den Raum betrat und die Wanne sah, sagte sie: „Hier habe ich gestern im warmen Wasser gelegen."
„Was weißt du noch von hier, Mutter?" fragte Orlandos.
„Du hattest recht, Georgios. Ich habe hier auch gegessen."
Das war alles, woran sie sich erinnerte.
Wir fuhren zurück nach D. Keiner sprach ein Wort. Nur als wir in D. eintrafen, fragte der Fahrer, ob es zurück zur Bergstraße 105 gehe, und ich antwortete ein wenig mürrisch: „Natürlich."
Es gibt Tage, an denen nichts gelingt. Deprimierend ist, daß man weiß, es wird nichts gelingen. Und je sicherer man es weiß, um so mehr strengt man sich an, den Erfolg zu zwingen, und vergeudet Kraft und Zeit. Als wir vor der 105 hielten, sprang Orlandos hinter mir als erster aus dem Wagen. Einen Augenblick lang sah es aus, als wollte er loslaufen, doch er hielt sich an der Wagentür fest, daß die Knöchel weiß aus seiner

Hand hervortraten. Vor uns lief ein Pärchen. Er hatte den Arm um ihre Schulter gelegt. Sie trug ein winziges Mützchen, unter dem ein langer blonder Zopf hervorquoll. Stefan Hillig war ohne Kopfbedeckung. Ohne sich umzusehen spazierten sie in die Dämmerung hinein.
Orlandos hatte sich gefangen und half seiner Mutter aus dem Wagen. Ich sagte, daß ich noch ein paar Fragen an sie richten möchte und begleitete sie mit Papadaki in die Wohnung. Auch diese Aktion blieb erfolglos. Frau Mouriki erinnerte sich an nichts und klagte über Kopfweh. Orlandos besaß an jenem Nachmittag keine Macht über sie. Sie wich seinen Fragen ebenso aus wie seinem Blick. Ich verabschiedete mich und ließ für ihn und seine Mutter eine Vorladung zur Vernehmung in unserer Dienststelle zurück, und zwar für den kommenden Tag, obwohl das ein Sonntag war.
In der Dienststelle gab es nichts Neues im Fall Mouriki. Keine Meldung, daß man ihn irgendwo entdeckt oder gefunden hatte. Er war nur zusammen mit seiner Frau gesehen worden, und zwar von den drei Burschen in der Straßenbahn, dem Straßenbahnfahrer und Frau Krämer, die mit dem Rad vom Waldbad gekommen war. Seit sie sich, aus welchem Grund auch immer, voneinander getrennt hatten, schien er vom Erdboden verschwunden.
Stutzig machte mich, daß in Fassheide, wo das ganze Dorf von der „Zigeunerin" oder der „Hexe" sprach, die sich von Sven hatte Brot und Bonbons kaufen lassen, der Mann nicht gefunden wurde, den Frau Mouriki die Adresse ihrer griechischen Bekannten gezeigt hatte. Mit dem unguten Gefühl, etwas Sinnloses zu unternehmen, rief ich nochmals in Fassheide an, erfuhr, daß sich kein Bürger gemeldet habe, der dieser Frau begegnet sei, und forderte, strenge Nachforschungen anzustellen – was sie ohne meine wiederholte Order längst taten.
Am späten Nachmittag traf die Meldung der Suchtrupps ein. Von Manolis Mouriki war bisher nirgends eine Spur zu finden gewesen. Man würde die Nachforschungen am nächsten Morgen fortsetzen.
Als ich unbefriedigt über den Verlauf des Tages die Tür hinter

mir zuschlagen wollte, meldete sich der meteorologische Dienst mit dem von mir angeforderten Wetterbericht.
In der Nacht vom 19. zum 20. Dezember drang von der Nordsee her kühle Luft in den Raum D. ein. Südlich von D. kam es zu länger anhaltendem Regen, zum Teil mit Schnee vermischt. Tiefsttemperaturen nachts minus sieben, Höchsttemperaturen tags (am 20. Dez.) zwei Grad. Schwacher, zum Teil mäßiger Wind. Die weiteren Aussichten: Keine wesentliche Wetteränderung.
Die kommende Nacht würde die vierte sein, die Manolis Mouriki umherirrte bei Regen, Schnee und Minusgraden. Wie lange würde er noch durchhalten – falls er noch durchhalten mußte?

Am Sonntag, den 23. Dezember, traf ich gegen zehn Uhr in der Dienststelle ein. Frau Mouriki war mit ihrem Sohn für 10.30 Uhr zur Vernehmung bestellt. Ebenso Papadaki, der Dolmetscher. Auf meinem Schreibtisch fand ich die Leumundsüberprüfung des Ehepaars Georgios und Lena Orlandos vor.
Georgios Orlandos, Ingenieur, lernte in D. die Steno-Sachbearbeiterin Lena Kattner kennen und ging mit ihr die Ehe ein. Orlandos Eltern waren von der Eheschließung informiert worden und hatten sich dazu nicht geäußert. Frau Kattner war anfangs gegen die Ehe ihrer Tochter mit einem griechischen Staatsbürger gewesen. Später legten sich ihre Bedenken, und sie unterhielt ein gutes Verhältnis zu Tochter und Schwiegersohn.
Weiterhin hieß es, die Eheleute Orlandos lebten „in geordneten Verhältnissen". Die Wohnung sei modern eingerichtet und sauber gehalten. Sie besäßen Fernseher, Musiktruhe, Kühlschrank, Waschmaschine. (Von dem Hausfreund war nicht die Rede.) Ihre Tochter Jaqueline erzogen sie gut und „in unserem Sinne".
Vom Fenster meines Dienstzimmers aus sah ich auf einen freien Platz hinunter, auf dem im Sommer Obst und in der Vorweihnachtszeit Weihnachtsbäume verkauft wurden. Auch an jenem Sonntagvormittag begutachteten Männer Fichten

und Kiefern, Kinder wuselten zwischen Bäumen und Kauflustigen umher, halfen Entscheidungen zu treffen, zogen stolz mit Bäumen und Tannengrün an der Hand von Mutter oder Vater davon.
Orlandos kam mit seiner Mutter. Er hielt sie am Unterarm, wohl aus Sorge, sie würde sonst nach alter Gewohnheit drei Schritt hinter ihm hergehen. Einen Augenblick lang sah er dem Treiben beim Baumverkauf zu, als erinnere ihn das an etwas. Dann zog er die Mutter rasch weiter, und wenig später klopfte es an meiner Tür.
An jenem Tag war Orlandos wieder selbstsicher, innerlich ruhig. Der Ausflug seiner Frau mit Stefan Hillig schien keinerlei Bitterkeit in ihm hinterlassen zu haben. Ich vermutete, daß es Lena Orlandos gelungen war, ihm im richtigen Augenblick die richtige Erklärung zu liefern, und das mit dem richtigen Augenaufschlag.
Frau Mouriki wirkte scheu, mißtrauisch und verschlossen. Papadaki kam, und ich konnte mit der Vernehmung beginnen.
Zuerst stellte ich Orlandos ein paar Fragen. Zum Beispiel, ob er nicht um die Eltern gefürchtet hätte, sie allein eine so weite und ungewohnte Reise von Makedonien durch mehrere Länder bis nach D. antreten zu lassen. Nein, sagte er, wozu Befürchtungen. Im Akropolis-Expreß säßen viele griechische Staatsbürger. Außerdem wären die Eltern mit Papiern, Geld und seiner Adresse ausgerüstet gewesen.
Die Namensänderung der griechischen Familie von Orlandos auf Mouriki war in jenem Jahr geschehen, als Georgios nach D. gekommen war. Er hätte also den neuen Namen ebenfalls annehmen können. Warum hatte er es nicht getan? Eben weil er die Eltern, die Weide, sein Geburtsland ohnehin verlassen wollte, antwortete er.
„Mich ging die sogenannte Schande meines Bruders nichts an“, fügte er hinzu.
Ich wußte nicht, wovon er sprach, und forderte eine Erklärung. Es stellte sich heraus, daß Manolis Mouriki mir einen Bären aufgebunden hatte. Nicht der Prozeß gegen gleichnamige Verwandte, die ihre Ziegen auf die Saat getrieben hatten, war der

Grund gewesen, sondern der jüngste Sohn Anastasios. Er war verlobt mit der Tochter eines befreundeten Hirten, die der Vater für ihn ausgesucht hatte. Anastasios aber zog es fort aus der Einsamkeit der Bergwelt. Wasser und Strom, Busse, Bahnen, Radio und das Fernsehen sollten auch für ihn da sein. Er wollte lesen und schreiben und einen Beruf erlernen. Keiner der Jungen, die die Annehmlichkeiten der aufblühenden Landstädte kennengelernt hatten, war zu den Wanderhirten zurückgekehrt. Auch Anastasios nicht.

Seine Verlobte aber wollte oder durfte ihm nicht nach Sidirokastron folgen. Mit der Herde des Vaters zog sie von Weideplatz zu Weideplatz und wartete auf Anastasios. Bis sie eines Tages erfuhr, er werde nicht zurückkehren. Er verschmähte sie und die Ziegen, die sie mit in die Ehe gebracht hätte. Er hatte die Verlobung gebrochen und, wie es hieß, sich in der Stadt bereits mit einer anderen eingelassen. Nach altem Brauch und Recht wurde er wegen Entehrung eines Mädchens angeklagt. Der Name Orlandos hatte keinen guten Klang mehr. Von Herde zu Herde eilte ihm der Ruf der Schande voraus.

Manolis Orlandos, seine Frau Duola und die Tochter Stella ließen sich unter dem Namen Mouriki eintragen. Es kostete sie einige Drachmen, doch sie hatten sich damit von dem Entehrer distanziert, und wenn die Familie ihren Namen nennen mußte, vor Hirten, denen sie begegneten, vor Viehzüchtern, Aufkäufern, Händlern, dann konnten sie ihn ohne Scham aussprechen.

„Niemals hätte mein Vater den wahren Grund zugegeben", erklärte Orlandos. „Für alle, die ihn noch unter dem Namen Manolis Orlandos gekannt hatten, erfand er ebenso wie für Behörden die Geschichte von den namensgleichen Verwandten, für deren Unvermögen er sein Leben lang zur Rechenschaft gezogen würde, wenn er ein Orlandos blieb."

Georgios Orlandos' Augen lächelten. Für Sekunden hatte er vergessen, warum er in einer Dienststelle der Kriminalpolizei von D. saß. Plötzlich stellte er seiner Mutter eine Frage, die ich ihm nicht vorgegeben hatte.

„Mutter, bist du auch gegen die Heirat von Stella und Agapi gewesen?"
„Ja", sagte sie, „auch ich war dagegen. Bei dem Ziegenhirten hätte sie keinen Hunger gelitten."
„Habt ihr meine Schwester verstoßen?"
„Nein, Georgios. Wir haben Stella nicht verstoßen."
„Habt ihr euch überzeugt davon, wie es ihr geht?"
„Wir haben sie besucht. Unsere Strohhütten auf dem Feld sind besser und sicherer als die Steinhütte, in der sie wohnt. Sie hat an manchen Tagen nichts zu essen."
„Habt ihr sie unterstützt?"
„Womit sollten wir sie unterstützen? Wenn ich sie besucht habe, hat sie Ziegenfleisch bekommen. Weiter konnte ich ihr nichts geben. Ihr Mann muß für sie sorgen. Das weißt du doch."
„Ich weiß auch, daß die Braut eine Brautgabe mit in die Ehe bringt."
„Sie hat nicht den Mann geheiratet, der ihr vom Vater bestimmt war."
„Mutter, hat dir die Stella nicht leidgetan?"
„Stella hat mir im Herzen leid getan. Aber was sollte ich tun?"
„Vater ist nach D. gekommen, um mich nach Hause zu holen. Ich sollte ihm helfen, euer Haus zu bauen, wenn ihr die Herde verkauft habt."
„Ja, deshalb ist er hierher gefahren."
„Und du, Mutter? Weshalb bist du gekommen?"
Das Telefon schrillte. Ich bat Orlandos, die Befragung zu unterbrechen. Es war der Einsatzleiter der Suchtrupps, der mich sprechen wollte.
„Wir haben ihn gefunden", sagte er. „Südlich vom Grüngräbener Hochwald. Im Oberen Teich. Er ist ertrunken."

Duola Mouriki

An jenem dreiundzwanzigsten Dezember konnte die Griechin Duola Mouriki nicht mehr vernommen werden. Sie brach zusammen, als sie vom Tod ihres Mannes erfuhr. Sie war vom

Stuhl geglitten, und Papadaki hatte sie aufgefangen, ehe ihr Sohn auch nur einen Finger rühren konnte.
Als sie die Augen wieder aufschlug, flüsterte sie den Namen ihres Sohnes und drückte seine Hand. Nach einer Weile richtete sie sich auf.
„Komm, Georgios, laß uns nach Hause gehen."
„Ja, Mutter."
„Nach Griechenland. In die Berge. Zu den Ziegen deines Vaters. Wir werden das Haus bauen. Wir werden alles vollenden."
Jeder Blick, jedes Wort und jede Geste drückten eine verzweifelte Entschlossenheit aus. Ihre Augen waren trocken. Die Tränen des Sohnes schienen ihr die eigenen zu ersparen.
Kurze Zeit nachdem Orlandos mit seiner Mutter und dem Dolmetscher die Dienststelle verlassen hatte, sprach der Leiter der Suchtrupps bei mir vor. Ich hatte ihn um einen sofortigen ausführlichen mündlichen Bericht gebeten.
Sie hatten die Suche im ersten Morgenlicht fortgesetzt. Neblig trübes Wetter, zum Teil Schnee und Eisregen, erschwerten die Sicht. Der Obere Wiesenteich, der nur nach der Waldseite hin morastig und verschilft ist, liegt zirka 30 km südlich von D. hinter dem Grüngräbener Hochwald. Seine Wasserfläche beträgt 350 m mal 250 m, und er ist vom Unteren Wiesenteich durch einen breiten Damm getrennt. Begrenzt wird er östlich von Unterholz, nördlich von Hochwald, westlich vom Damm, und an seiner Südseite dehnt sich eine weite Wiesenfläche. Mourikis waren in Nord-Süd-Richtung gelaufen, also vom Hochwald aus auf den Teich gestoßen.
Der Suchtrupp hatte als erstes den Mantel der Frau entdeckt, festgefroren im Morast. Später fand man am Waldrand, dort wo sie geschlafen hatte, einen ihrer steifgefrorenen Hausschuhe, der andere blieb verschwunden. Weiter nach dem Wasser hin, doch noch im Schilf des Teiches, standen ebenfalls festgefroren im Schrittabstand zueinander Manolis Mourikis Hausschuhe. Die Schuhspitzen zeigten zum Wasser. Er hatte seinen Mantel noch an. Das Wasser des Teiches war an jenem Morgen über weite Strecken offen, und nur an den

nicht beschilften Rändern mit einer dünnen Eisschicht bedeckt.

Am Montag, dem 24. Dezember, informierte mich das Institut über den Obduktionsbefund. Manolis Mouriki war am Abend des 20. Dezember im Oberen Wiesenteich ertrunken. An seinem Körper konnten keinerlei Anzeichen von Gewaltanwendung festgestellt werden.
Ein Unglücksfall. Und doch ... Warum hatte sie nicht wenigstens versucht, ihn aus dem Wasser zu ziehen? Selbst wenn sie ihn erst am Morgen bemerkt hatte, konnte sie nicht wissen, ob er tot war, und hätte versuchen müssen, ihn zu retten.
Hauptmann Spitzer, der sich täglich über die Nachforschungen und Ermittlungsergebnisse im Fall Mouriki unterrichten ließ, ordnete die Verhaftung der Frau an.
„Heute?“ fragte ich ohne Hoffnung, ihn umzustimmen, „am Weihnachtstag?“
Dabei dachte ich mehr an Georgios Orlandos, als an die Mutter.
„Keine Sentimentalitäten“, entgegnete Spitzer. „Wir haben einen unnatürlichen Todesfall aufzuklären. Davor bewahrt uns auch das Weihnachtsfest nicht. Und die Frau hat uns belogen. Ihr Mann ist bereits am Abend ertrunken. Sie aber sagt aus, sie habe sich zusammen mit ihm schlafen gelegt ...“
„Das kann so gewesen sein. Er hatte Fieber. Vielleicht ist er zurück zum Teich, ohne daß sie es bemerkt hat.“
„... schlafen gelegt“, wiederholte Spitzer, die Worte ärgerlich betonend, „auf ihrem Mantel. Aber der lag am Teich. Festgefroren im Morast. Es gibt noch mehrere Ungereimtheiten in ihrer Aussage, die ich Ihnen wohl nicht aufzählen muß, Leutnant Bruck.“
Er hatte recht. Nicht alles sprach für einen Unfall. Etliches, was Frau Mouriki getan oder nicht getan hatte, sah nach unterlassener Hilfeleistung aus.
„Zumindest das“, sagte Hauptmann Spitzer hart. „Wahrscheinlich ist es abends zu jener Zeit passiert, als sie *beide* im Teich gestanden und getrunken haben. Sie hat die ganze Zeit

über gewußt, daß ihr Mann tot ist, und uns an der Nase herumgeführt und suchen lassen, wo es nichts zu suchen gab, und sich an nichts erinnert, wenn sie es nicht für angebracht hielt."
Das konnte so oder anders gewesen sein. Noch war nichts bewiesen.
Der Hauptmann kannte auch die Leumundsüberprüfung der Familie Orlandos. Jetzt sagte er: „Ihr Sohn, dieser Georgios Orlandos, und dessen Frau, das sind achtbare Bürger."
Woraus vermochte er das zu schließen? Aus dem Besitz von Fernseher und Tiefkühltruhe? Aus der Tatsache, daß ihre Kaderakten keinen Verweis enthielten, der Mann seit Jahren mehr auf Außenmontage als bei seiner Frau anzutreffen war und die Ehe trotzdem noch hielt? Oder weil sie ihr Kind *in unserem Sinne* erziehen? Wann? Wo? Im Kindergarten? Bei der Nachbarin, weil Frau Orlandos sich wegen der Überstunden nicht so kümmern konnte? Oder half der Hausfreund Stefan Hillig, es in die richtige Richtung zu ziehen?
Für mich waren sie ebenfalls achtbar, Lena und Georgios Orlandos. Ich respektierte Frau Orlandos Bestreben, ihre Arbeit, von der sie ganz und gar gefordert wurde, mit ihren Ehe- und Mutterproblemen unter einen Hut zu bringen und sich dabei noch ein bißchen persönliches Glück zu organisieren. Mit dem Geschick, ihrem Mann nicht weh zu tun. Und mich beeindruckte Georgios Orlandos' Bemühen, seiner Familie den gängigen Wohlstand zu verschaffen und vor allem der Frau, die er liebte, alles zu glauben, was dieser Liebe zuträglich war. Er litt unter mancher Ungewißheit, aber er machte das mit sich selbst ab, zwang niemanden, an seinem Kummer teilzunehmen.
„Es handelt sich um Orlandos' Eltern", fuhr Hauptmann Spitzer fort, „und es wäre dem Mann keineswegs zu verdenken, sich mit seiner Mutter abzusprechen, ihr zu raten und zu helfen, was sie uns eingestehen und was sie verschweigen soll. Aber gerade das müssen wir verhindern."
Ich versuchte noch einmal, Hauptmann Spitzer umzustimmen.
„Wenn Frau Mouriki jemandem die Wahrheit anvertraut",

sagte ich, „dann ihrem Sohn Georgios. Soweit stimmt die Sache schon. Und das heißt, je länger sie mit ihm zusammen ist, um so größer sind die Chancen, daß sie sich ihm offenbart."
Der Staatsanwalt wisse Bescheid, sagte Hauptmann Spitzer nur, er habe den Haftbefehl schon unterschrieben, ich könne bei ihm vorbei und dann gleich zur Bergstraße fahren.

•

Über die Weihnachtsfeiertage wünschte ich mir Lena Orlandos' Fähigkeit, immer das zu sagen und stets so zu reagieren, wie es von einem erwartet wird. Meine Gedanken waren bei dem Ehepaar Mouriki und ihrem Sohn, und meine Frau, die sich auf die paar gemeinsamen Stunden gefreut hatte, tat mir leid. Orlandos ließ seine Frau alleine, weil er auf Montage ging. Ich saß mit meiner Frau am Kaffeetisch und verbannte sie in seelische Einsamkeit.
Am Donnerstag, dem 27. 12., wurde uns Duola Mouriki zur Vernehmung vorgeführt. Anwesend waren außer Hauptmann Spitzer, der Dolmetscher Papadaki und ein Oberwachtmeister, der protokollierte. Die Untersuchungshaft ertrug Frau Mouriki mit stoischer Gelassenheit. Sie tat, was man von ihr verlangte, wusch, kämmte, kleidete sich, aß und half, die Zelle sauber zu halten. Wurde nichts von ihr gefordert, setzte sie sich schweigend in eine Ecke. Da man sich ohnehin nicht mit ihr verständigen konnte, ließ man sie in Ruhe.
Über Papadaki ließ Hauptmann Spitzer sie wissen, wo und unter welchen Umständen man ihren Mann gefunden hatte. Sie sollte sich dazu äußern. Sie äußerte sich nicht. Abwechselnd stellten der Hauptmann und ich Fragen, sie antwortete selten und so, daß es uns nicht weiterbrachte. Sie widersprach sich auch. Wenn wir sie darauf aufmerksam machten, reagierte sie entweder überhaupt nicht oder zuckte die Schultern und sagte: „Ich dachte es wäre so gewesen, aber jetzt erinnere ich mich . . ."
Eines paßte nicht zum anderen. Wir schwitzten. Sie saß in aller Gelassenheit. Nichts von dem, was wir fragten oder ihr vorhielten, schien sie wirklich zu betreffen.
Ich dachte an Orlandos, wünschte, er wäre hier, und ich sagte:

„Ihr Sohn wird es Ihnen nie verzeihen, daß er nicht erfahren soll, wie sein Vater umgekommen ist."
In ihre Augen kam Leben.
„Sie haben uns belogen und belügen uns noch. Und damit auch Ihren Sohn. Denn er wird wissen wollen, was Sie erzählt haben über den Tod seines Vaters. Aber wer lügt, hat etwas zu verbergen. Wir denken, daß Sie selbst Ihren Mann getötet haben – und Ihr Sohn wird das auch denken."
„Nein!" Ihr Blick huschte von einem zum anderen. „Ich habe es nicht getan! – Er selbst hat es getan. Er wollte nicht mehr leben, weil er dachte, Georgios sei tot."
„Warum haben Sie ihn nicht daran gehindert?" fragte Spitzer.
„Ich konnte nicht. Ich war zu schwach."
„Sie haben es ja nicht einmal versucht!"
„Ich habe es versucht. Ja, ich habe Sie belogen. Ich wußte, daß er tot ist und hatte Angst, das zu sagen. Ich bin am Morgen weggelaufen vom Teich, in dem er lag. Aber ich habe ihn nicht getötet. Es war sein Wille, nicht mehr zu leben, und dagegen konnte ich nichts tun. Sagen Sie das Georgios."
Wir ließen sie in die Zelle zurückführen. Am Nachmittag kam Orlandos. Ich hatte ihn gebeten, nach der Arbeit bei mir vorzusprechen. Er sah müde aus. Er fragte, wie es seiner Mutter gehe, und ich sagte ihm, daß sie sich in alles füge. Etwas anderes schien er nicht erwartet zu haben.
Ich bat ihn, mir von seiner Mutter zu erzählen. Wie er sie als Kind erlebt hatte. War sie streng gewesen oder eher nachgiebig? Liebte sie eines der Kinder besonders? Woher war sie gekommen? Lebten ihre Eltern noch?
Auf dem Weideland ihres Vaters sei sie herangewachsen, erzählte Orlandos und in ihrem siebenten Lebensjahr sogar ein Jahr lang zur Schule gegangen. Dann wurde sie in der Familie gebraucht zum Kinderbetreuen, zum Ziegen hüten. Ihre Eltern lebten noch. Wo, wußte Orlandos nicht. Sie waren ja jetzt Rentner, erhielten 150 Drachmen monatlich, und da sie keine Ansprüche an das Leben stellten, kamen sie damit auch aus. Soviel er wußte, hatte es im Leben seiner Mutter keinen anderen Mann gegeben als Manolis Orlandos. Vielleicht nicht ein-

mal in ihren Träumen. Ob sie eine strenge Mutter gewesen sei? Das Leben der Wanderhirten verlief nach ungeschriebenen Gesetzen, die es in aller Strenge einzuhalten galt. Und dazu wurde man erzogen. Man mußte sich aufeinander verlassen können. Jeder hatte anzupacken nach Leibeskräften. Wenn der Vater in die Stadt wanderte, um zu verkaufen oder Wintervorräte zu besorgen, blieb die Mutter bei der Herde. Oder eines der Kinder, sobald es alt und geschickt genug dazu war. Jemand sorgte fürs Essen, jemand kümmerte sich um die Tiere. Melken lernten sie alle. Besonders viel Arbeit gab es zu der Zeit, da die Ziegen Junge bekamen und vor Einbruch des Winters, wenn Strohhütte und Pferch gebaut wurden. Ja, die Mutter hatte streng darauf geachtet, daß jedes Kind seinen Anteil an Arbeit leistete und an Essen, Kleidung und Behaglichkeit erhielt, was ihm zustand. Streng und gerecht sei sie gewesen, sagte Orlandos, wiederholte den Satz und lauschte ihm nach, als gäbe es daran etwas zu begreifen, was ihm selbst bislang entgangen war.

Ein Weilchen schwieg er, dann sagte er noch: „Die Agrarreform hat das Weideland zugunsten der Landwirtschaft eingeengt. Etliche Sarakatsanen sind Bauern und seßhaft geworden. Wir Jungen haben uns abgenabelt, ohne uns darum zu kümmern, wie die Eltern das verkraften. Ich weiß nicht, ob mein Vater verbittert gewesen ist. Enttäuscht waren sie beide. Die Mutter liebte uns trotz allem, was wir getan haben. Ja“, fügte er nachdenklich hinzu, „das wird es gewesen sein.“

Als ich ihm von der Vernehmung berichtete, schüttelte er den Kopf.

„Nein“, sagte er, „das hätte mein Vater niemals getan, sich vor den Augen seiner Frau zu ertränken.“

Daraufhin ließ ich Duola Mouriki noch einmal zur Vernehmung holen. Papadaki saß ohnehin für uns auf Abruf. Orlandos küßte seine Mutter und setzte sich ihr gegenüber.

„Mutter“, sagte er, „was immer du getan hast, ich bin dein ältester Sohn, und mich darfst du nicht belügen.“

„Er hat sich ertränkt.“ Es klang unsicher. Sie spürte es selbst und sagte: „Glaube mir.“

„Nein, Mutter. Ich weiß, daß er sich nicht ertränkt hat. Du hast ihn getötet."

„Ja! Ja!" rief sie. „Ich wollte dich nicht belügen, aber ich wollte es dir ersparen. Ich habe es getan!"

„Warum, Mutter?"

„Weil er es wollte", murmelte sie, „er konnte es nicht selbst tun. Aber er wollte nicht mehr leben. Er war am Ende."

„Warum war er am Ende?" fragte Georgios mit gepreßter Stimme.

„Seine Kinder haben nicht wie Kinder an ihm gehandelt. Er sagt, er habe umsonst gelebt, wenn du ihm nicht hilfst. Du bist seine ganze Hoffnung gewesen, seine Zukunft hat er auf dich gesetzt – aber die Frau hat ihm die brennende Kerze in die Hand gedrückt. Er dachte, du bist tot. Er wollte auch sterben."

„Du hättest es trotzdem nicht tun dürfen, Mutter."

„Ich bin ihm immer eine gute Frau gewesen. Ich habe ihm gehorcht in allem, was er mir geboten hat. Ich mußte es tun, weil es sein Wille war. Du weißt es."

Georgios schwieg. Ich sagte ihm, daß ich Einzelheiten wissen müsse, und schlug ihm vor, sie durch Papadaki befragen zu lassen. Er schüttelte den Kopf und gab ihr meine Fragen weiter. Manolis Mouriki hatte ihr gesagt, wenn er nicht die Kraft dazu aufbringe und wieder hoch käme, solle sie seinen Kopf unter Wasser drücken. Sie müsse ihm in dieser schwersten Stunde beistehen, wie es sich für eine gute Frau gehöre.

„Was hat sie danach getan?" fragte ich.

Sie war aus dem Teich gewatet. Fand im Morast nur noch einen ihrer Schuhe und nahm ihn auf. Der Mantel war naß und zum Teil schon festgefroren. Den ließ sie liegen. Sie schleppte sich bis zum Waldrand, legte sich hin und schlief sofort ein. Sie schlief tief und fest bis zum Morgen.

In jenem Augenblick wurde mir bewußt, wie weit ich davon entfernt war, diese Frau aus den griechischen Bergen zu begreifen. Nicht das Töten, sondern ihr gewissenloser Seelenfriede nach der Tat erschien mir als ihr eigentliches Verbrechen. Ich sagte es Orlandos.

„Was hätte sie denn sonst tun sollen?" fragte er, die kastanien-

braunen Augen voller Mißbilligung. „Hätte sie einen Nervenzusammenbruch haben müssen? Den kriegen nur Menschen, die etwas getan haben, womit sie nicht fertig werden. Sie war fertig, auch innerlich, mit dem, was getan werden mußte."
Ich ließ Frau Mouriki abholen und sagte Orlandos, er könne nach Hause gehen. Die nächste Vernehmung finde morgen statt.
Als ich allein im Zimmer war, rief ich Hauptmann Spitzer an und teilte ihm mit, Frau Duola Mouriki habe soeben gestanden, ihren Mann ertränkt zu haben. Es war Tötung auf Verlangen.

Duola Mouriki war erzogen in der Glaubenslehre der griechischen Orthodoxie, und ich konnte mir keinen Reim darauf machen, wie sie die Tötung ihres Mannes mit ihrem Glauben vereinbarte. Papadaki erläuterte mir, die Rolle der griechischen Orthodoxie entbehre nicht einer gewissen Paradoxie. Einerseits sei sie radikaler und ausschließlicher Jenseitsbezogen als andere christliche Glaubenslehren, andererseits begegne sie eben wegen der Nichtigkeit des irdischen Daseins der Sünde mit ausgesprochener Toleranz. Nicht mit der Hölle und dem Jüngsten Gericht drohe sie, sondern über allem stehe die Liebe Gottes. Ihr ordne sich auch die Idee der Gerechtigkeit unter.
Da war es wieder, das Wort, dem Orlandos nachgelauscht hatte, als er von seiner Mutter erzählte: Gerechtigkeit. Streng und gerecht sei sie gewesen.

Als Georgios Orlandos wieder in die Dienststelle kam, war von der Spannung, die in all den Tagen auf ihm gelastet hatte, nichts mehr zu spüren.
Ich sagte ihm, daß ich einen Widerspruch darin sähe, wenn es jemand nicht fertig brächte, sich vor den Augen des Partners zu töten, aber grausam genug sei, diese Tötung von ihm zu verlangen.
Er schwieg.
Außerdem, fuhr ich fort, habe sein Vater zu keiner Zeit einen

lebensmüden Eindruck gemacht. Selbst wenn er vermuten mußte, sein Sohn sei gestorben, hätte er meines Erachtens noch soviel Energie besessen, sich erst Gewißheit über diesen Tod zu verschaffen, bevor er völlig verzweifelt und voller Todessehnsucht gewesen wäre.
„Sie haben recht", sagte Orlandos fest, „mein Vater wollte nicht sterben."
„Aber warum hat sie es dann getan?"
„Ich weiß jetzt, warum sie es getan hat. Wenn Sie möchten, erkläre ich es Ihnen."
„Sie selbst muß es sagen", erwiderte ich. „Für den Mord können wir keinen anderen Beweis erbringen als ihr Geständnis."
„Lassen Sie mich noch einmal mit ihr sprechen", bat Orlandos.
Ich ließ sie holen.
„Mutter", sagte Orlandos, „ich hatte dich gefragt, warum Vater nach D. gekommen ist."
„Das weißt du doch. Er wollte die Ziegen verkaufen und ein Haus bauen. Dazu brauchte er dich."
„Und du, Mutter? Warum bist du nach D. gekommen?"
„Weil ich auch wollte, daß du zurückkommst in die Heimat."
„Was sollte ich dort?"
„Ich habe es dir gesagt. Du solltest uns helfen, das Haus zu bauen."
„Ein gutes, festes Haus in Sidirokastron?"
„Ja, Georgios."
„Mutter, hättest du so leben können. In einem guten Haus in Sidirokastron – mit dem Elend deiner Tochter Stella vor Augen?"
Sie zuckte.
„Es war unrecht von deinem Vater." Ihre Lippen zitterten. Sie wiederholte: „Es war unrecht."
„Was war unrecht, Mutter? Sage es."
„Daß er der Stella keine Ziegen gegeben hat, als sie heiratete. Wir haben hundert, und dein Vater war ein guter Züchter. Aber er mochte Agapi, den Maurer, nicht. Er wollte einen Hirten zum Schwiegersohn."

„Wie stehst du zu Agapi?"
„Er ist der Mann meiner Tochter."
„Sorgt er für Stella?"
„Wenn er Arbeit hat, haben sie zu essen, wenn nicht, hungern sie. Schlimmer ist, daß ihre Hütte zerfällt. Und Stella ist schwanger."
„Wenn der Vater die Aussteuer gegeben hätte, wäre es ihnen besser gegangen?"
„Er hätte ihr vierzig Ziegen geben können. Das hätte genügt, um aus der Hütte ein kleines, festes Haus zu richten mit einem großen Zimmer. Drei oder vier Ziegen hätten sie behalten können. Eine für die Zucht. Dann wären immer Milch und Fleisch im Haus gewesen."
„Konntest du Vater nicht umstimmen?"
„Nein. Er sagte, wenn wir die Herde verkaufen müssen, weil die Kinder aus den Bergen fortlaufen, dann soll alles Geld uns gehören, das die Ziegen bringen. Damit wir für uns ein gutes Haus bauen können. Er wollte eines mit zwei Zimmern."
„Wie hat Stella darauf reagiert?"
„Sie hat Vater um die Ziegen gebeten. Sie hat gesagt; ich habe ein Recht darauf, denn auch ich habe deine Ziegen gehütet. Aber er ist hart geblieben. Sie besitzt nur ein Kleid. Das wird ihr bald zu eng sein, weil sie schwanger ist."
„Wenn Agapi arbeitslos ist, bekommt er da Unterstützung?"
„So wenig, daß nicht drei davon satt werden."
„Da hast du nach einem Ausweg gesucht."
Sie schwieg.
„Mutter, warum wolltest du, daß ich nach Hause komme?" fragte Orlandos noch einmal.
„Du solltest alles in Ordnung bringen", sagte sie leise.
„Das wäre nicht möglich gewesen, solange mein Vater am Leben war. Aber wenn der Vater stirbt, gehen alle Rechte und Pflichten auf den ältesten Sohn über. Du hast deinen Mann getötet, damit ich an seiner Stelle verfüge über die Aufteilung der Herde und meiner Schwester die Aussteuer zuspreche."
„Ich wußte, daß du gerecht sein wirst, Georgios."
„Weiß Stella, was du in D. vorgehabt hast?"

„Ja. Sie hat das Gespräch gehört."
„Was für ein Gespräch, Mutter?"
„Agapi hat mit mir gesprochen. Er hat mich beauftragt, meinen Mann zu töten, damit Stella und das Kind leben können."
„Mutter! Hat dir dein Mann nicht leid getan?"
„Doch. Aber Stella hat mir auch leid getan."
„Warum geht Agapi nicht allein oder mit Stella nach Deutschland arbeiten?"
„Er hat kein Geld für die Fahrt, und es ist jetzt auch schwer, Arbeit zu bekommen. Besonders wenn man die Sprache nicht spricht."
„Warum hat er nicht selbst deinen Mann getötet?"
„Er sagte, ich habe bessere Gelegenheit dazu."
„Und warum hast du den Vater nicht in der Heimat umgebracht?"
„Weil Agapi gesagt hat, ich soll es hier tun. Hier ist es nicht gefährlich für mich. Zu Hause ist der Vater nachts zusammen mit anderen Hirten in den Bergen gewesen."
„Wie solltest du es tun?"
„So, wie ich es getan habe."
„Wenn ihr in eine andere Richtung gelaufen wärt, hättest du keinen Teich gefunden."
„Agapi wußte von Freunden, daß es bei euch in D. Wasser gibt. Sogar einen Fluß. Wir wären gelaufen, bis wir Wasser gefunden hätten."
„Du hast also Vater aus dem Haus getrieben."
„Er hatte Angst, weil du nicht da warst und wegen der Kerze."
„Hast du auch gedacht, ich bin tot?"
„Ich war in großer Sorge, Georgios, weil du nicht zu Hause gewesen bist und die Kerze brannte. Aber ich hatte das Gefühl, die Leute sagen die Wahrheit und du bist nur weit weg bei deiner Arbeit."
„Wenn ich zu Hause gewesen wäre, hättest du dann auch meinen Vater getötet? Du hättest keinen Grund gefunden, ihn aus dem Haus zu locken."
„Ich weiß nicht. Wahrscheinlich hätte ich es nicht tun können."

„Mutter, dann bin doch auch ich daran schuld, daß du meinen Vater getötet hast!"
Sie löste sich aus ihrer Starre, nahm den Kopf des Sohnes in ihre Hände, strich ihm übers Haar und streichelte seine Wangen.
„Nein, Georgios, du hast keine Schuld. Du warst bei deiner Arbeit."
„Sage mir, wie du ihn umgebracht hast."
„Er ging, bis das Wasser sauber war. Als er getrunken hat, habe ich ihn gestoßen."
„Ich verstehe das nicht. Das Wasser war nicht tief. Er muß sich doch gewehrt und sich wieder aufgerichtet haben."
„Er war geschwächt vom Fieber. Und ich habe seinen Kopf unters Wasser gedrückt. Er hat sich nicht bewegt."
„Was immer du getan hast", sagte Georgios, „ich werde dich als Mutter achten. Aber sage mir die Wahrheit: Hast du meinen Vater von dir aus getötet oder hat dich jemand beauftragt?"
„Agapi hat mich beauftragt. Das ist die Wahrheit."
„Was solltest du tun, nachdem du deinen Mann getötet hattest?"
Agapi hat gesagt, ich soll zurückkommen nach Sidirokastron. Zu ihm und Stella."
„Was hatte er vor?"
„Wir hofften, du kämst nach Hause, um die Herde gerecht aufzuteilen."
„*Du* hast das gehofft, Mutter. Agapi gewiß nicht. Angenommen, es wäre soviel Geld zusammengekommen, daß Agapi ein Haus mit zwei Zimmern bauen konnte, dann hätte er mit Stella und seinen Kindern, die er haben wird, dort gewohnt. Und du, Mutter?" Orlandos' Stimme war dunkel, als er sagte: „Du denkst, Agapi hätte dich bis an dein Lebensende ernährt? Er hat gehofft, daß du deinen Mann tötest und dafür ins Gefängnis kommst, damit er euch beide los ist und bis auf Anastasios' Anteil die Herde bekommt. – Falls man dich nach Griechenland zurückbringt, wirst du dort aussagen, daß Agapi dich angestiftet hat, deinen Mann zu töten?"

„Nein, das werde ich nicht tun." Das kam hart und entschieden. „Dann müßte Stella darunter leiden. – Was ich getan habe, habe ich getan."
„Was soll jetzt mit den Ziegen geschehen?"
„Georgios, ich möchte, daß jeder seinen Anteil bekommt."
„Stella soll nichts bekommen. Sie hat zugelassen, daß Agapi dich beauftragt hat, Vater zu töten. Vater wußte, warum er seine Ziegen behielt. Wovon solltet ihr denn sonst im Alter leben?"
„Das wissen heutzutage viele nicht. Früher übernahmen die Söhne die Herde und die Sorge für die Alten. Heute arbeitet man eben bis man nicht mehr arbeiten kann und stirbt. Aber Stella ist doch noch jung . . ."
Sie schwiegen. Ihre Blicke lösten sich voneinander. Ich gab dem Oberwachtmeister einen Wink, Duola Mouriki in die Zelle zurückzuführen. Unter der Tür wandte sie sich nach dem Sohn um. Sie streckten beide die Hände nacheinander aus. Keiner ging einen Schritt auf den anderen zu, und die kleine Entfernung zwischen ihnen wurde zum Abstand zwischen zwei Welten.

Die letzte S-Bahn

•

1. Nur jetzt keinen Fehler machen! Nicht in letzter Minute alles verderben!
Christian Warkentin lochte den Fahrschein und blieb in der Sperre stehen, die Baskenmütze tief in die Stirn gezogen. Er trat von einem Fuß auf den anderen, wie einer, der in kühler Aprilnacht fröstelnd und ungeduldig jemanden erwartet.
An der Bahnhofsuhr ruckte der Zeiger. Der Zug hätte vor zwei Minuten abfahren müssen. Was war geschehen? Warum, dachte der Junge, läßt er ausgerechnet heute nacht auf sich warten, wo jede Minute zählt?
Auf dem Bahnsteig lief ein junger Bursche, ungefähr in Warkentins Alter, unruhig hin und her. Ein älteres Ehepaar dagegen stand wie angewurzelt. Sie hatten sich untergehakt. Auf der Bank saß ein Betrunkener, sprach mit sich selbst und schien guter Dinge zu sein. Von denen, dachte Warkentin, kennt mich keiner. Und so soll es bleiben. Er stellte sich mit dem Rücken zu ihnen.
Nach einer Weile hörte er Schritte hinter sich, wandte sich um und sah den Betrunkenen zum Ausgang wanken. Er kam direkt auf ihn zu. Warum fuhr der Zug nicht ein, verschluckte ihn, trug ihn dahin, wo er sich sicher fühlte? Was soll ich tun, dachte Christian Warkentin angstvoll, wenn sie ausfällt heute, die letzte S-Bahn? Er fühlte seine Achselhöhlen feucht werden, dann die Stirn, jieperte danach, sich die Baskenmütze vom Kopf zu reißen und schob die zu Fäusten verkrampften Hände in die Hosentaschen.
Der Betrunkene war fast heran, schwatzte unverständliches

Zeug. Langsam stieg Christian Warkentin die Treppe zur Bahnhofshalle hinunter.
„Hallo, Sie! Warten Sie doch mal! Ich bin Vater. Vater von Zwillinge!“
Die S-Bahn brauste heran. Der Junge sprang die Stufen wieder hoch und rannte durch die Sperre auf den Bahnsteig. Er riß eine Tür auf, trat ins Abteil, die Türen surrten zu, die Bahn fuhr an. Aufatmend wollte sich Christian Warkentin auf den nächsten Sitz fallen lassen, als er das Mädchen sah. Sie saß am Fenster, mit dem Rücken zu ihm, und er hatte das Gefühl, daß er sie kannte. Völlig unbekannt war ihm der Mann, der dem Mädchen gegenüber saß, den birnenförmigen Kopf gegen die Wand gelehnt. Er schlief.
Wer aber war dieses Mädchen? Instinktiv fühlte er die Gefahr, die von ihr ausging. Sich unbekannter Gefahr auszusetzen zermürbt, lenkt die Gedanken ab vom Nächstliegenden, was zu tun ist. Wenn er ihr Gesicht sehen könnte! Das geht nicht, dachte er, ohne daß auch sie mich sieht und erkennt. Erkennt mich vielleicht früher als ich sie. Jetzt beugte sie sich ein wenig vor, den Blick zum Fenster. Der Zug fuhr an einem Waldrand entlang, und das dunkle Fenster wirkte als Spiegel. Warkentin stand wie angenagelt. Das Gesicht . . . Herb. Hübsch. Strenge Züge. Schmaler Mund. Eine dunkle Stimme gehörte dazu, die befahl: Fuß! – Faß! – Sitz!
Annegret Baumann! Natürlich. Wenn sie einen der Hunde, die sie dressierte, bei sich gehabt hätte, hätte er sie sofort erkannt.
Der Zug ruckte, ließ Christian Warkentin in die Richtung des Mädchens stolpern. Sie wandte den Kopf, und ihre Blicke kreuzten sich. Ja, das war Annegrets Blick: prüfend, selbstbewußt, unverfroren. Erkennend auch? Sie zog die Lider ein wenig herab, so daß ihre Augen klein und stechend wurden. Unvermittelt, als wäre Warkentin ihrer Aufmerksamkeit nicht wert, ließ sie ab von ihm, blickte wieder zum Fenster hinaus, wo es nichts zu sehen gab als den Schein von Straßenlaternen, die kurze schnelle Striche durch die Dunkelheit zogen.
Der Mann, der Annegret gegenüber saß, schnarchte leise, den

Mund geöffnet, als staune er auf eine recht törichte Weise. Er hatte Christian Warkentin bis jetzt nicht wahrgenommen. Vielleicht wußte er nicht einmal, daß das Mädchen vor ihm saß. Warkentin hatte erlebt, daß Berauschte nicht wach geworden waren, als man neben ihnen die Tür eintrat.
An der nächsten Station stürzte Christian Warkentin aus dem Abteil, drückte die Baskenmütze fest auf das verschwitzte Haar und rannte los. Kurz bevor sich die Türen schlossen, sprang er in den letzten Wagen. In der Ecke saß der junge Mann, der so unruhvoll auf dem Bahnsteig auf und ab gelaufen war. Er trug jetzt Uniform. Er hätte wohl lieber eine Tarnkappe getragen. Ungeschickt versuchte er, sein Kleiderbündel zu verbergen, Angst im Blick und Resignation.
Der probiert's zum ersten Mal, dachte Warkentin, und wahrscheinlich nie wieder. Der hat nicht die Nerven dafür. Von dem droht keine Gefahr, den kann ich als nicht anwesend verbuchen. Trotzdem verzog er sich ins Nebenabteil.
Der Soldat stieg eine Station vor O. aus. Christian Warkentin saß jetzt allein im Wagen. Die Spannung in ihm ließ nach. Verwundert spürte er, daß seine Hände zitterten. Auch waren seine Beine seltsam schlaff, und er fürchtete, daß sie ihn nicht mehr tragen würden. Doch er mußte schnell und ungesehen vom Bahnsteig kommen und durfte nicht gesehen werden auf dem Weg durch die Gärten.
Christian Warkentin hatte mit manchem gerechnet, was ihm auf dieser heimlichen nächtlichen Tour widerfahren könnte, doch nicht mit Annegret, der Makellosen, Korrekten. Wie sie sich abgewandt hatte von ihm! Hatte darin nicht ihre ganze Verachtung gelegen gegenüber einem, der unkorrekt gewesen war?
Vielleicht hätte er versuchen sollen, ihr die Sache zu erklären. Immerhin war sie eine Frau. Wirklich? dachte er. Konnte Annegret verstehen und verzeihen? Vor Monaten, als er sie das letzte Mal gesehen hatte, bevor man ihn verhaftete, war sie nichts als ein großes Mädchen gewesen, das Hunde dressierte. Ein anständiges Mädchen. Sie tat sich nichts darauf zugute. Nein, mit ihr zu sprechen, hätte ihm nichts genutzt. Noch

hatte sie nicht das Leid erfahren, das reif macht zum Mitleiden.
Schluß. Denk nicht mehr an Annegret, befahl er sich. Du hast getan, was du tun mußtest. Und jetzt – der Zug fährt gleich in O. ein –, jetzt mußt du ungesehen vom Bahnsteig herunter und nach Hause kommen. Am besten über die Gleise der Fernbahn, dachte er, und dort durch den hinteren Ausgang. Ich habe alles richtig gemacht. Und das mit Annegret – da muß ich einfach Glück haben.
Christian Warkentin sprang über die Gleise. Als er den Ausgang der Fernbahn erreicht hatte, gellte von der S-Bahn her der markerschütternde Schrei einer Frau. Wieder brach ihm der Schweiß aus . . .

2. Das Mädchen hatte versucht, die Messerstiche mit einem Buch abzufangen. Das Buch, rotgesprenkelt, lag neben ihr auf dem Fußboden des S-Bahn-Wagens. Niemand konnte verhindern, daß die Ärztin, die den Tod des Mädchens feststellte, das Buch aufhob. Später drückte sie es Simosch in die Hand, dem Leiter der Morduntersuchungskommission.
Alexis Sorbas, las Simosch. Das b in *Sorbas* war durchstochen, die Spitze des Messers eingedrungen bis zur Seite 313, oberhalb der Worte: *Ich will nicht sterben! Ich will nicht! Aber die Klageweiber hatten schon Wind von ihrem Zustand bekommen und sich eingestellt . . .*
Das Buch war ihr entglitten, und sie hatte sich mit den bloßen Händen gegen das Messer gewehrt. Als die Kraft aus den zerstochenen Handflächen gewichen war, hatte sie sich hin und her geworfen. Davon zeugten Stiche in der Lehne der Sitzbank. Selbst im Tod noch drückte ihre Haltung Abwehr aus.
Simosch schloß die Augen. Er hatte schon etliche Tote gesehen, darunter auch junge Menschen. Es hätte ihm nichts mehr ausmachen dürfen. Keiner seiner Mitarbeiter ahnte den stillen Kampf, den er mit sich ausfocht, um an solchem Tatort sachlich und scheinbar unbeteiligt seine Anordnungen zu treffen.

Er klappte das Buch zu und trat hinaus. Der Aufsichter, den er suchte, beugte sich eben kopfschüttelnd über einen jungen Mann, der auf der Wartebank lag, nach Alkohol roch und schnarchte. Den Bahnsteig entlang hasteten Transportpolizisten.
„Wer ist als erster gekommen?“ fragte Simosch.
„Die Ärztin“, erwiderte der Aufsichter. „Die Ärztin war als erste hier.“
Auf dem Bahnhofsvorplatz bremste ein Wagen. Staatsanwalt und Kriminalisten eilten durch die Sperre, nickten Simosch einen Gruß zu und verschwanden, von Transportpolizisten eingewiesen, in den Wagen, in dem das tote Mädchen lag. Nur Leutnant Olbricht, Simoschs engster Mitarbeiter, stürmte auf den Hauptmann zu und schüttelte ihm die Hand.
„Gratuliere!“
Simoschs Blick ließ ihn die Hand schnell zurückziehen.
„Ich meine, weil Sie doch Hauptmann geworden sind und ich gestern nicht zur Feier . . .“
„Danke. Ihr Mantel ist mal wieder verknöpft.“
Olbricht brachte das in Ordnung. „Mußte ja mal wieder so schnell gehen.“
„Sehen Sie sich da drinnen um.“ Der Hauptmann nickte zu dem betreffenden S-Bahn-Wagen hin. „Dann kommen Sie zu mir.“ Er wandte sich von Olbricht ab und fragte den Aufsichter, der nervös mit den Lidern zuckte: „Wer hat sie gefunden?“
„Ein Ehepaar.“
„Wo ist es?“
Der Aufsichter ließ den Kopf sinken.
„Na, erzählen Sie mir in Ruhe alles der Reihe nach“, sagte Simosch.
„Hier in O. ist Endstation. Ich hatte Aufsicht und saß im Dienstzimmer. Plötzlich schrie jemand. Ich raus, rempel einen Mann an, und der stammelt, es wäre was Schreckliches passiert. Er zeigte auf einen bestimmten Wagen. Seine Frau klammerte sich an ihn, und ich fürchtete, sie würde wieder losschreien. Ich bin zum Wagen rüber, um zu sehen, was Fürchterliches geschehen war. Als ich's gesehen hatte, konnte

ich die Frau verstehen. Aber sie und ihr Mann waren verschwunden."
Verschwunden. Jemand entdeckt eine Leiche und macht sich davon. Warum? Simosch wußte mehrere Antworten darauf. Panik zum Beispiel. Angst, in etwas hineingezogen zu werden. Grund, zu vertuschen, zu bestimmter Zeit an einem bestimmten Ort gewesen zu sein. Wissen um Einzelheiten, die kein sinnvolles Ganzes ergeben: Verwirrung also. Oder Schuldgefühle. – Zu viele Antworten sind so nützlich wie keine.
„Wie haben sie ausgesehen, die beiden?"
Die Beschreibung, die er erhielt, paßte auf jedes Ehepaar, an dem man achtlos vorübergeht.
„Und Sie?" fragte der Hauptmann, „was haben Sie getan?"
„Die Transportpolizei benachrichtigt und die Ärztin angerufen, die gleich neben dem Bahnhof wohnt."
Simosch betrachtete den jungen Mann, der unberührt vom Kommen und Gehen, von den Scheinwerfern, den Blitzen der Fotoapparaten und den Rufen der Kriminalisten auf der Bank lag und schlief.
„Seit wann ist der hier?"
„Keine Ahnung. Als ich zu dem Unglückswagen bin, lag er schon da. Hat sich wohl hier vollaufen lassen und wollte mit dem ersten Zug in die Stadt zurück."
Blaßgesichtig trat Leutnant Olbricht wieder zu ihnen und erhielt Order, sich um diesen merkwürdigen Schlafgast zu kümmern.
„Kennen Sie ihn?" fragte Olbricht den Aufsichter.
Der schüttelte den Kopf. „Ich kenn nur paar von den Pennbrüdern. Weil die doch sozusagen zum Inventar vom Lumpensammler gehören." Er schwieg und blickte fragend zu Olbricht auf.
„Erzählen Sie weiter. Mich interessiert alles, was mit diesem Lumpensammler zusammenhängt."
„Naja. Der bringt halt von S. in die Stadt rein, was nachts rein will und transportiert nach O., was raus möchte. Die Penner fahren von Endstation zu Endstation und schlafen in der S-Bahn wie Sie und ich zu Hause im Bett. Manche lassen sich

auch aufs Abstellgleis schieben und rutschen morgens wieder mit rein in die Stadt. Oder zurück bis S., falls sie noch nicht ausgeschlafen haben. Sind harmlose Burschen, wenn man sie in Ruhe läßt."

„Wo sind denn die Pennbrüder von heute nacht?"

„Keine da. Hab mich auch gewundert."

Olbricht betrachtete den Mann, der mit rasselndem Atem auf der Bank lag und schlief. Er trug Jeans, schwarzes Hemd und eine schwarze Lederjacke. Wirres Haar hing ihm ins Gesicht. Es war ein unschönes Gesicht, in dem die Proportionen nicht stimmten. Niedrige Stirn, tiefliegende, fast wimpernlose Augen und die untere Gesichtshälfte ungewöhnlich lang.

„Soweit einer, der wie'n unschuldiger Säugling schläft, brutal aussehen kann", sagte Olbricht zum Hauptmann, „sieht der hier ziemlich brutal aus."

Er rüttelte den Burschen und erntete ein schwaches Lächeln. Auch brach das Schnarchen ab, doch wach bekam er ihn nicht.

Unvermittelt fragte Simosch, ob der Zug pünktlich eingefahren sei und erfuhr, daß er mit vier Minuten Verspätung gekommen war.

„Haben Sie schon Dienstschluß?"

„Wenn der erste Zug abgefahren ist", sagte der Aufsichter und zwinkerte nervös, „ist mein Dienst zu Ende. Aber heute fährt er ja nicht ab."

„Forschen Sie nach, wo und weshalb es zu dieser Verspätung gekommen ist. Dann können Sie von mir aus nach Hause gehen."

Der Aufsichter lief davon, als fliehe er.

Olbricht sagte: „Unsere Leute haben Schwierigkeiten wegen der jungen Ärztin, die als Erste zu dem Mädel rein ist. Sie hat noch keine Erfahrung in solchen Fällen und dummerweise Spuren verwischt."

„Ich weiß." Um Simoschs Mundwinkel zuckte ein verlorenes Lächeln. „Mein erster Fall als Hauptmann: Rollender Tatort, verwischte Spuren, verschwundene Zeugen."

„Dann kann's ja nur noch besser werden", tröstete Olbricht

und durchsuchte die Taschen des Schlafenden, bis er den Personalausweis fand.
Ranko Köpp. Achtundzwanzig Jahre alt. Er wohnte außerhalb der Stadt. Um nach Hause zu fahren, hätte er zwei Stationen vor der Endhaltestelle aussteigen müssen. Dazu war er wohl zu betrunken gewesen. Wieso war er in O. wach geworden? Hatte ihn die schreiende Frau aufgeschreckt? Oder war er, wie der Aufsichter vermutete, nicht aus der Stadt gekommen, sondern hatte sich in O. betrunken und wollte nun mit der ersten Bahn nach Hause fahren? Er reichte Köpps Ausweis dem Hauptmann.
„Lassen Sie ihn zum Ausnüchtern bringen“, sagte Simosch, zog einen Zettel mit Annegret Baumanns Adresse aus der Tasche und drückte ihn Olbricht in die Hand. „Inzwischen müssen Sie es mal wieder auf sich nehmen. Aber tadellos rasiert und als zivilisierter Mensch gekleidet. – Einer der Transportpolizisten kannte das Mädchen flüchtig und weiß, daß sie bei ihren Eltern lebte.“
Olbricht warf einen traurigen Blick auf den Zettel. „Früher wurde dem Überbringer schlechter Nachrichten der Kopf abgehauen.“
„Du liebe Zeit“, erwiderte Simosch, „was hätten da Rundfunk und Fernsehen für einen Verschleiß an Nachrichtensprechern.“
Der Aufsichter kam ebenso schnell zurück, wie er davongelaufen war. „Die vier Minuten ...“ Er unterbrach sich und atmete erschöpft.
„Langsam, langsam“, mahnte Olbricht, „die Verspätung können Sie ohnehin nicht mehr aufholen.“
An einer Station war die Aufsicht eingenickt, die S-Bahn konnte nicht pünktlich abgefertigt werden.
„So was kann jedem mal passieren“, sagte der Aufsichter.
Darauf ging Simosch nicht ein.
Aus dem Abteil wurde das tote Mädchen herausgetragen.
„Er soll sie sich ansehen“, sagte der Hauptmann.
Olbricht rüttelte Ranko Köpp mit beiden Händen und stellte ihn auf die Beine. Der Leutnant war hochgewachsen, knochig, mit Körperkräften ausgestattet, die man ihm auf den ersten

Blick nicht ansah. Er legte Köpps Arm um seine Schultern, faßte ihn unter, schleppte ihn hinüber zur S-Bahn. Simosch rief den Männern, die den Leichnam durch die Sperre tragen wollten, etwas zu. Sie setzten die Bahre ab.
Ranko Köpp kam zu sich. Mit schwerer Zunge fragte er: „Gehen wir einen heben?"
Olbricht schleifte ihn weiter.
„Kenn ich dich überhaupt?" Mit einem Anflug von Mißtrauen mühte sich Köpp, Olbrichts Gesicht zu studieren.
„Sie sind gerade dabei, mich kennenzulernen."
Der Hauptmann, der am Unglückswagen stand, gab Olbricht ein Zeichen, und der drängte den jungen Mann durch die Wagentür. Sie sahen den blutfleckigen Sitz und die zerstochene Rückenlehne. Köpps verschwommener Blick wurde fest.
„Sieht nicht gut aus", murmelte er, „gar nicht gut. – Ich krieg's nicht zusammen."
Olbricht packte ihn fester. „Aber Sie haben begriffen, daß es Blut ist. Blut von einem Menschen, der getötet wurde."
Köpp blickte wieder unstet und lallte etwas vom organisierten Verbrechen in Amerika.
Der Leutnant zog ihn aus dem Abteil, wankte mit ihm den Zug entlang. Ein Transportpolizist wollte ihm helfen.
„Nicht nötig", sagte Olbricht, „wir sind sehr schön aufeinander eingespielt."
An der Bahre des toten Mädchens schlug Simosch das Tuch zurück. Ranko Köpp starrte den Leichnam an. Für Sekunden wurde sein Blick wieder klar. Simosch dachte: Er kennt sie. Aber die Situation begreift er nicht.
„Angeschissen", sagte Köpp nach einer Weile. Er lallte wieder.
„Wer?" fragte Olbricht schnell, ehe dem Burschen das Bewußtsein ganz entglitt.
„Na, ich." Köpp legte den freien Arm um Olbrichts Schultern. „Sieh dich vor, die scheißt dich an."
Der Leutnant befreite sich von ihm, hielt ihn aber noch immer fest. „Sehen Sie mal richtig hin! Das Mädchen ist tot."
„Die ist – tot?" Mit müder Geste fuhr Köpp sich übers Gesicht. „Das hab ich nicht gewollt."

3. „Herr Warkentin!"
Der Junge verhielt den Schritt. Die altersschwachen Holzstufen hatten sein Kommen verraten.
„Ja, Frau Meinert?"
Er blickte über das Geländer in ein zerfälteltes Gesicht, umrahmt von künstlichen grauen Löckchen. Grau auch die Augen, die zu ihm hochblickten und kalt wie Stein.
„Ich wollte Sie schon gestern fragen, aber da habe ich Sie überhaupt nicht zu Gesicht bekommen: Hatten Sie Samstag nacht Besuch in Ihrem Zimmer?"
„Aber, Frau Meinert!" Ein unschuldsvolles, ein klein wenig empörtes Lächeln begleitete den Ausruf. Die alte Kröte, dachte Warkentin, die hat was gehört. Die Tür? Schritte auf der Treppe? Wie eine Katze bin ich geschlichen, doch in diesem morschen Bau . . . „Wie kommen Sie nur darauf?"
„In Ihrem Zimmer ist jemand hin- und hergelaufen. Weit nach Mitternacht. Und Ihre Tür wurde geöffnet. Nein, streiten Sie das mal gar nicht erst ab. Was ich höre, das höre ich."
„Selbstverständlich, Frau Meinert. Sie haben richtig gehört. Ich konnte nicht schlafen. Bin aufgestanden, raus auf den Flur, kaltes Wasser über die Arme und auf dem Kocher Milch gewärmt. Einen Löffel Honig rein . . ." Warte, dir schmier ich Honig ums Maul, bis es dir zuklebt. Aber gehört haben darfst du mich nicht! „Ihr Rezept, Frau Meinert", sagte er süßlich, „und es hat geholfen. Ich konnte wieder schlafen."
„Die alten Rezepte sind noch immer die besten. Nur, nachts mit dem Kocher hantieren, also seien Sie da vorsichtig."
„Natürlich, Frau Meinert."
Abbrennen müßte die Bude. Doch dazu sind die Wände wohl zu feucht. Abbrennen samt der rutschenden Lumpen, die sie Flurteppiche nennt und dem stinkenden Trockenklo.
„Und Ihre Freundin ist diese Woche nicht gekommen?" Mißtrauen im Ton, Strenge im Blick.
Eines Tages, dachte Warkentin, würde er ihr ins Gesicht spukken, in die boshaften Augen, die ihn belauerten, sobald er das Haus betrat, deren neugierigen Blicke durch Türen und Wände zu dringen schienen.

„Kerstin war gestern hier. Nur für eine Stunde."
„Ausgerechnet, als ich bei meiner Schwester war?"
„Das konnte sie doch nicht wissen, Frau Meinert. Aber ich soll Ihnen schöne Grüße bestellen."
„Lassen wir's gut sein. Sind Sie schon beim Abschnittsbevollmächtigten gewesen?"
„Ja. Gleich nach der Arbeit. Wie jeden Montag."
„Wenn Sie wollen, können Sie die Zeitung haben. Aber legen Sie sie vor dem Schlafengehen wieder auf die Treppe."
Ein magerer Arm fuhr hoch. Über das Geländer gebeugt, nahm der Junge aus altersfleckigen Fingern die Zeitung entgegen.
„Danke, Frau Meinert. Einen schönen Abend noch."
„Auch für Sie." Doch sie ging nicht, sie wartete, bis Warkentin den oberen Treppenabsatz erreicht hatte und rief hinauf: „Samstag nacht muß ja einiges losgewesen sein!"
„Wieso?"
Ihr dürrer Finger stach nach der Zeitung. „Das werden Sie schon herausfinden. Aber eigentlich kann es Ihnen gleichgültig sein. Sie waren ja zu Hause."
Im Zimmer warf sich Christian Warkentin rücklings aufs Bett, starrte zur Decke, dachte, daß er das nicht länger aushalten könne. Bewährung. Es war ihm ernst gewesen damit. Nur hatte er sich vorgestellt, sich als Mensch bewähren zu müssen, nicht als Kriechtier.
Selbstverständlich, Frau Meinert.
Guten Tag, ich bin Christian Warkentin. Habe mich jeden Montag beim ABV zu melden. Heute ist Montag.
Nein, ich war nicht im *Hufeisen.* (Dreckskneipe, kann mir sowieso gestohlen bleiben.)
Mit meinem ehemaligen Kumpel habe ich mich nicht getroffen. (Armleuchter, der sitzt doch noch.)
In der Stadt? Wo denken Sie hin? Wegen 'ner Stadtfahrt riskiere ich doch meine Freiheit nicht. –
Alles hatte er riskiert. Und konnte nichts bereuen. Trotz allem nicht. Er hatte wissen müssen, wie es um Kerstin stand.
Da war ein Drang in ihm gewesen, gegen den er nicht ankam.

Ohne Kerstin säße er vielleicht jetzt noch im Gefängnis. Sie schrieb, daß sie auf ihn warten werde. Sie war sein Kraftquell gewesen, und er hatte durchgehalten. Doch es gibt Dinge, die steht man nur einmal durch.
Christian Warkentin wurde vorzeitig entlassen. Auf Bewährung. Mit dem achtundvierziger Paragraphen im Rucksack. Auch Rückfahrkarte genannt. Was die dir damit aufbrummen, sagten die Kumpels, das kriegst du nicht in die Reihe. Du kommst zurück.
Ich nicht.
Jetzt noch, bei jedem „Selbstverständlich, Frau Meinert", sagte er sich: Ich nicht. Jeden Montag, wenn er sich bei der Polizei meldete, frohlockte er, weil wieder eine Woche um war und er noch immer in Freiheit. Die Zeit lief für ihn. Nein, er würde nicht zurückkommen. Er nicht!
Und doch mache ich Fehler, dachte er jetzt und war verzagt, denn in seiner Situation konnte jedes Versehen zur Katastrophe führen. Er haderte mit sich, weil er Kerstin nicht genügend vertraut und abgewartet hatte, bis ihr Brief eintraf. Zugegeben, bislang war er enttäuscht worden, wenn er Mädchen vertraut hatte. Mit Kumpels war es ihm nicht besser ergangen. Einer, für den er die Hand ins Feuer gelegt hätte, hatte ihn verraten. Das alles hatte zwar nichts mit Kerstin zu tun, doch Vertrauen zu haben, mußte er erst wieder lernen, und das gelang ihm schwerer, als die Verstellung, als das „Selbstverständlich, Frau Meinert" und die wöchentlichen geistigen Verbeugungen vor der Polizei. Vergangene Nacht aber hatte er sein Lehrgeld bezahlt.
Er griff nach der Zeitung, überflog das Weltgeschehen. Seine kleine, von Paragraphen eingeengte Welt schien ihm nicht dafür angetan, in weiten Zusammenhängen zu denken. Auch beim Sportteil hielt er sich nicht lange auf. Sekunden schneller, Millimeter höher. Das sollten Probleme sein? Das entscheidende Tor wurde geschossen. Entscheidend, dachte Warkentin, ist, daß das Tor der Haftanstalt sich für mich nicht wieder öffnet.
Er studierte die Annoncen. Biete ... Verkaufe ... Preiswert

abzugeben ... Das war schon interessanter. Sobald die Bewährungszeit hinter ihm lag, würde er mit Kerstin zusammenziehen. Zum Glück griff sie nicht gleich nach den Sternen. Sie war einverstanden, ihren ersten Hausstand mit Gebrauchtwaren zu gründen.

Die Annonce der Kriminalpolizei las er mehrmals.

Personen, die in der Nacht zum Sonntag die letzte S-Bahn von S. nach O....

Nein! Ich komme nicht zurück. Ich nicht!

Er nickte ein. Die Zeitung auf der Brust hob und senkte sich im Rhythmus seiner Atemzüge. Er atmete schwer. Im Traum sah er Annegrets Gesicht, jung, makellos. Erstaunt auch, denn sie sah einen, der Stadtverbot hatte, in der letzten S-Bahn und sagte: „Faß!“ zu ihrem Dobermann. Frau Meinert aber scheuchte den Hund mit spitzem Finger zurück. „Ihnen kann es doch gleichgültig sein. Sie waren ja zu Hause.“ Er wunderte sich, daß der Mann, der Annegret gegenüber saß, noch immer schlief, obwohl jemand versuchte, die Tür der S-Bahn einzutreten.

Als Warkentin hochschreckte, klopfte jemand mit hartem Knöchel gegen seine Tür.

„Herr Warkentin!“

„Ja, Frau Meinert?“

Er sprang auf.

„Die Zeitung!“

„Oh, entschuldigen Sie. Mir sind die Augen zugefallen.“

Er hob die Zeitung auf, die zu Boden gefallen war, und faltete sie ordentlich. Dann ging er zur Tür und reichte sie hinaus.

„Bitte schön!“

„*Ich* hätte Sie deswegen ja nicht gestört. Aber die Nachbarin möchte die Annonce von der Polizei mal lesen. Die hat nämlich jemanden gesehen, Sonntagnacht.“

4. An der ersten Arbeitsbesprechung der Spezialkommission im Mordfall Annegret Baumann nahmen zwanzig Kriminalisten teil. Leutnant Olbricht, der Baumanns den Tod ihrer Tochter mitgeteilt hatte, berichtete:
Annegret, zweiundzwanzig Jahre alt, lebte in einem gut eingerichteten Zimmer in der Stadtwohnung ihrer Eltern. Sie war ein von der Familie behütetes, eigenwilliges, couragiertes Mädchen, dressierte Hunde und besaß selbst einen Dobermann. Sie arbeitete als Verkäuferin in einem der größten Sportgeschäfte der Stadt. Ihre Freizeit verbrachte sie auf dem Hundedressurplatz außerhalb der Stadt oder auf dem Grundstück ihrer Eltern, das in der Nähe dieses Platzes gelegen war.
An jenem Samstag wollte sie sich in der Stadt mit ihrem derzeitigen Freund André Rasch treffen. Die Eltern fuhren aufs Grundstück. Sie rieten ihrer Tochter, in der Stadtwohnung zu übernachten, doch Annegret bestand darauf, mit der letzten S-Bahn nachzukommen. Sie wachte gern morgens im Gartenhaus auf.
„Am Samstag aber", erzählte Herr Baumann, „war das wohl nicht der einzige Grund, weshalb sie nachkommen wollte. Sie ließ durchblicken, daß sie André ein paar ernste Worte zu sagen habe. Wie ich Annegret kenne, hieß das, sie wollte ihm die Freundschaft kündigen."
Herr Baumann war nachts zur nahegelegenen S-Bahn-Station gegangen, um seine Tochter abzuholen. Der Zug fuhr mit wenigen Minuten Verspätung ein. Annegret stieg nicht aus. Eine Rentnerin verließ die Bahn, ein junges Ehepaar und der Sohn von Baumanns Gartennachbar. Herr Baumann fragte ihn, ob er seine Tochter gesehen hätte. Da das nicht der Fall war, nahm er an, sie habe sich entschlossen, doch in der Stadt zu bleiben und in der elterlichen Wohnung zu übernachten. Vielleicht hatte sie sich überraschenderweise mit ihrem Freund wieder versöhnt.
Simosch fragte nach Fotos, und der Leutnant schob ihm einen Umschlag zu.
„Taufrisch. Erst in der vorigen Woche aufgenommen."

Es war das Mädchen aus der S-Bahn. Auf dem Foto ein unbekümmertes etwas burschikoses Gesicht.
„Wir brauchen eine Menge Abzüge", sagte der Hauptmann und übergab das Kuvert dem Polizeifotografen. „Jeder, der als Fahrgast der letzten S-Bahn ermittelt wird, bekommt dieses Foto vorgelegt." Dann fragte er Olbricht nach dem Bekanntenkreis des Mädchens.
Darüber hatte der Leutnant nicht viel erfahren können, denn Annegret brachte ihre Freunde selten mit nach Hause. Doch in letzter Zeit ließ sie sich von André Rasch besuchen. Rasch arbeitete als Mitropakoch im Panonia-Expreß. Nach Meinung der Eltern war auch er für ihre Tochter noch nicht die große Liebe gewesen.
In der vergangenen Woche war er nicht gekommen, und Baumanns hatten geglaubt, er sei dienstlich verhindert. Doch sobald sie ihn Annegret gegenüber erwähnten, verschloß sie sich, als sei sie durch ein unbedachtes Wort beleidigt worden. Überhaupt sei sie in letzter Zeit reizbar gewesen, was ihren Vater in seiner Vermutung bestärkte, sie wolle sich von André trennen.
Sie hätte auch das Buch in die Tasche gepackt, das André ihr geliehen hatte, sagte Herr Baumann, *Alexis Sorbas.* Übrigens sei sie damit nicht zurechtgekommen. Der Vater meinte, das Lebensgefühl des Weltenbummlers Sorbas mit dem großen Herzen war seiner Tochter fremd. Sie hat diese Lektüre wohl ein paar Jahre zu früh in die Hände bekommen.
„Das Buch", erklärte der Hauptmann, „hat sie ihrem Freund aber nicht zurückgegeben. Bleibt die Frage, ob sie es über der Auseinandersetzung mit André Rasch vergessen oder ihn überhaupt nicht getroffen hat."
Ein Kriminalist trat auf Simosch zu, berichtete, sie wüßten nun, an welcher Station Annegret Baumann in die S-Bahn gestiegen sei. Sie hatten die gelochte Fahrkarte in ihrer Handtasche überprüft.
Simosch wandte sich wieder an alle Mitarbeiter der Sonderkommission.
„Wir haben sechsundzwanzig Bahnsteige unter die Lupe zu neh-

men. Fragen Sie die Aufsichter nach ihnen bekannten Fahrgästen, nach Betrunkenen, Schlägern, nach allen Auffälligkeiten dieser Nacht. Wer mit der letzten Bahn gefahren ist, wird überprüft und befragt, an welche Fahrgäste er sich erinnern kann. Wir brauchen eine Übersicht über die Personenbewegung im Zug und auf den Stationen. Dabei arbeitet die Zeit gegen uns. Nach Tagen wird sich kaum noch jemand an ein Gesicht oder eine flüchtige Bekanntschaft in der S-Bahn erinnern."
Sie schwiegen. Einige blickten noch immer erwartungsvoll zu Simosch, andere schrieben ins Notizbuch. Sie wissen, was auf sie zukommt, dachte Simosch: Die Stecknadel im Heuhaufen suchen. Kleinarbeit. Routineermittlungen. Anfragen. Nachprüfen. Antworten und Ergebnisse im Kopf behalten. Sofort reagieren, wenn der geringste Widerspruch auftaucht. Spuren verfolgen, die sich im Nichts verlieren. Neue Spuren aufnehmen. Irgendwann führt eine zum Täter. Vielleicht.
Sie verließen den Raum.
Im Präsidium war Simoschs Zimmer als Zentrale eingerichtet worden. Sie würde Tag und Nacht besetzt sein. Anfragen, Vorfälle, Ermittlungsergebnisse wurden hier gesammelt und ausgewertet.
Der Hauptmann ließ Ranko Köpp vorführen. Leutnant Olbricht war während der Vernehmung zugegen.
Köpp trat gähnend durch die Tür, lächelte entschuldigend und nahm auf dem erstbesten Stuhl Platz. Die verquollenen, wimpernlosen Augen erinnerten Simosch an Schweinsäuglein.
„Tausche drei Polizistenwitze gegen einen Kaffee", sagte er.
Olbricht meinte, das sei kein übles Angebot, nur befinde er sich nicht in der Tauschzentrale.
„Sondern?"
„Morduntersuchungskommission."
Hauptmann Simosch trat zu ihm und schaute mit prüfendem Blick in das abstoßende Gesicht.
„Name. Adresse."
Köpp antwortete ohne Umschweife und fragte dann ruhig: „Aber was soll das? Sie haben doch meinen Personalausweis."
Es klang wie ein gutgemeinter Hinweis.

Der hat schnell Gewalt über sich, dachte Simosch, und sein Aussehen läßt ihn wohl primitiver wirken, als er in Wirklichkeit ist.
„Tätigkeit. Ort der Tätigkeit."
Köpp arbeitete in der Materialausgabe einer Baustoffversorgung.
„Erzählen Sie mal, wie bei Ihnen der gestrige Tag verlaufen ist. Und der Abend."
„Normal", erwiderte Köpp, „gestern war Geldtag, da geht's nach Feierabend in die *Tränke.*"
„Immer in ein und dasselbe Lokal?"
„Der anständige Mensch hat seine Stammkneipe."
„Und dort haben Sie sich den ganzen Abend lang vollaufen lassen?" fragte Simosch.
Kurzes Zögern. „Ja doch." Die Schweinsäuglein wurden zu Schlitzen.
Irgendwas stimmt nicht, dachte Simosch und verständigte sich durch einen kurzen Blick mit Leutnant Olbricht.
Olbricht lehnte gegen den Schreibtisch, saß eigentlich schon auf der Kante und zitierte bekümmert: „Wer Sorgen hat, hat auch Likör. – Wo hängt's denn?"
Köpps grobes Gesicht entspannte sich. Ein hilfeflehender Blick aus verquollenen Augen. Das Bedürfnis, sich preiszugeben. Doch schon war die Versuchung überwunden.
„Nirgends hängt's. Blöder Spruch übrigens. Nur wer Geld hat, hat auch Schnaps. Anders läuft's nicht."
„Gestern zum Zahltag gab's Geld", stellte Olbricht fest, „also auch Schnaps."
Köpp grinste.
„Und als Sie randvoll waren, wie ging's da weiter?"
„Tschuldigen Sie die Störung", erwiderte Köpp gereizt, „aber habe ich nicht das Recht zu wissen, weshalb ich hier bin?"
„Sie waren zum Ausnüchtern hier."
„Jetzt bin ich nüchtern. Und Sie fragen mich aus. Warum?"
Simosch, der ihn nicht aus den Augen gelassen hatte, sagte: „Sie werden es erfahren. Alles zu seiner Zeit." Dann überließ er ihn wieder dem Leutnant.

„Also raus aus der *Tränke.* Mit wem, wann und wohin?“ Olbricht fragte mit freundlicher Neugier.
„Bin allein zur nächsten S-Bahn-Station und hab die letzte Bahn bequem geschafft. Zeitmäßig. Ob ich wirklich eingestiegen bin, weiß ich nicht mehr.“
„Was denn, auf dem Bahnsteig etwa auch allein gewesen?“
„Ach wo. Da waren zwei nette alte Leutchen. Ein Ehepaar. Und ich, hundemüde, habe zu denen gesagt: Der Lumpensammler, wenn er kommt, stecken Sie um Himmels willen den Lumpen in den Sammler.“
Olbricht staunte. „Aber Ihr Gedächtnis funktioniert ja ausgezeichnet.“
„Wohl wegen der Antwort“, sagte Köpp, „die kam so prompt und überzeugt. Betrunkene fassen wir nicht an! Ich glaube, die haben's beide sogar gleichzeitig gesagt.“
Der Leutnant versuchte, eine Personenbeschreibung zu erhalten, doch Köpp wiederholte nur, es seien so richtig nette alte Leutchen gewesen und wußte nicht weiter. Hatte man ihn auf jenem Bahnsteig aufgegriffen, oder war er eingestiegen in die letzte S-Bahn?
Olbricht schüttelte den Kopf, als könne er ihm da auch nicht weiterhelfen.
„Annegret Baumann“, sagte der Hauptmann unvermittelt, woher kennen Sie das Mädchen?“
Köpps Kopf fuhr herum. Der lange Unterkiefer hing schlaff herunter.
„Annegret Baumann“, wiederholte Simosch.
„Kann ich eigentlich nichts mit anfangen.“ Sein Blick irrte an Simosch vorbei.
„Aber, aber!“ Olbrichts Stimme war voller Vorwurf. „Wo Sie uns doch heute nacht erzählt haben, die hätte Sie angeschissen.“
„Heute nacht habe ich keinen Mucks sagen können.“
„Wir halten Sie hier fest“, sagte Simosch, „weil wir Sie verdächtigen, Annegret Baumann getötet zu haben. Wir haben Sie in O. auf einer Bahnhofsbank aufgegriffen, gegenüber dem Abteil, in dem das tote Mädchen lag.“

Köpp sprang auf. Der bullige Körper taumelte und sackte wieder auf den Stuhl.
„Allerdings haben Sie auch erzählt, Sie hätten das gar nicht gewollt", sagte Olbricht begütigend. „Also . . .?"

5. „Herr Warkentin!"
Diesmal erwartete sie ihn vor der Haustür, kam sogar ein paar Schritte auf ihn zu.
„Ja, Frau Meinert?"
„Haben Sie schon von dem Mord gehört? Drüben in B.?"
„Nein. Stand was in der Zeitung?"
„Noch nicht. Aber alle nehmen an, das hängt zusammen mit der Aufforderung der Polizei, man soll sich melden, wenn man Samstagnacht mit der letzten S-Bahn gefahren ist."
„Aha."
Wie die mich anstarrt! Die hat Gift im Zahn. Na, komm, spuck's aus!
„Das Mädchen stammt aus B. Aber umgebracht hat man sie im Lumpensammler."
„So." Das war doch noch nicht alles, dachte Christian Warkentin. Dann fiel ihm die Zeitung ein, die sie abends zurückgefordert hatte. Die Nachbarin war interessiert an der Annonce der Polizei. Die Nachbarin hatte jemanden gesehen in jener Nacht. Wenn du dein Gift nicht freiwillig verspritzt, helfe ich nach! „Und die Nachbarin hat den Mörder gesehen?"
Verblüfft durch die naive, sehr direkte Frage, erwiderte Frau Meinert: „Na, da hätte die Polizei doch wohl schon zugegriffen."
„Da haben Sie auch wieder recht."
Er wollte durch die Tür, doch sie war zurückgewichen, und stand breitbeinig im Türrahmen, eine Hand an den Pfosten gestützt. Ihre Verblüffung hatte sie überwunden, und sie fixierte jetzt den Jungen mit lüsterner Neugier.
„Über so was spricht man doch auch bei Ihnen in der Werkstatt."

„Kann sein. Ich mach nur meine Arbeit. Aus allem anderen halt ich mich raus."
Widerwillig gab sie die Tür frei.
„Im Prinzip ist das ja richtig. Aber man kann's auch übertreiben. Sie sind drauf und dran, ungesellig zu werden, Herr Warkentin, und ich glaube nicht, daß die Polizei das gemeint hat, wenn sie von . . ."
Sie suchte nach einem Wort, und Warkentin rief ihr von oben zu: „Wiedereingliederung!"
„Sag ich ja. Aber mit Ihrem Benehmen machen Sie es sich und anderen nur schwer."
Diesmal erwiderte Christian Warkentin nichts, schlug nur die Tür hinter sich zu. Im Zimmer streifte er die Schuhe ab, warf sich aufs Bett und starrte zur Decke, fühlte bleierne, lähmende Müdigkeit im Kopf und in den Gliedern, gepaart mit innerer Unruhe. Er wartete. Irgend etwas würde geschehen. Doch er konnte nichts beschleunigen und nichts abwehren. Nur warten.
Inzwischen war auch Frau Meinert ins Haus zurückgekommen. Er hörte ihre Schritte, das Knarren der alten Schranktür. Dann schlurfte sie durch den Flur, verließ das Haus.
Wohin geht sie denn heute, dachte Warkentin verwundert. Seit er bei ihr wohnte, ging sie nur zu genau festgelegten Zeiten aus. Sobald er nach Hause kam, hatte sie ihn immer bewacht und beschnüffelt.

„Guten Tag, Herr Leutnant." In das verschlossene Gesicht hinein sagte sie: „Sie kennen mich. Ich bin Frau Meinert. Sie haben mir den Haftentlassenen Christian Warkentin anvertraut."
Die also.
„Gibt's Probleme?"
„Nein." Sie zog das Wort in die Länge, bis es unglaubhaft wurde. Dann: „Meldet er sich bei Ihnen regelmäßig?"
„Ja, das tut er."
„Auf Arbeit ist er auch fleißig." Sie formulierte den Satz als Feststellung.

Der Leutnant schwieg.
„So ein tüchtiger junger Mann. Strotzt vor Kraft und Gesundheit. Aber immer nur von der Arbeit ins Zimmer und wieder zur Arbeit."
„Sie meinen, ich sollte ihm mehr Leine geben? Vielleicht eines der Lokalverbote aufheben? Ihm mehr Umgang mit Gleichaltrigen gestatten. Liebe Frau Meinert, dazu ist es noch zu früh."
Diesmal ging sie nicht auf ihn ein. „Er hängt sehr an seiner Freundin", sagte sie. „Die kommt jedes Wochenende aus der Stadt und besucht ihn."
„Fühlen Sie sich belästigt durch das Mädchen?"
„Überhaupt nicht. Die ist leise. So leise! Beinahe wäre es mir überhaupt nicht aufgefallen, daß sie am Samstag gar nicht da war. Aber Herr Warkentin hat es mir bestätigt."
Was will die bloß, dachte der Leutnant. Serviert mir Belanglosigkeiten als wären es Sensationen.
„Herr Warkentin sagt, sie sei am Sonntag dagewesen. Für eine Stunde. Die Stunde, in der ich meine Schwester besucht habe."
„Und? Das ist doch wohl möglich?"
„Alles ist möglich. Nur nicht, daß meine Nachbarin das Mädchen nicht sieht, wenn es am Sonntagnachmittag mein Haus betritt oder verläßt. Ich meine die Gichtmaiern, die immer am Fenster hockt."
„Warkentin hat also gelogen."
Schulterzucken. Lächeln, das auf Verzeihen deuten ließ.
„Er hängt ja fast krankhaft an dem Mädchen. Man kann sich nicht vorstellen, daß er ein Wochenende ohne sie auskommt."
Wollte sie, daß Warkentin in die Stadt durfte? Er war nicht kompetent, das zu erlauben. Stadtverbot legt das Gericht bei der Urteilsfindung fest. Im übrigen hatte er auch nicht vor, Warkentin die Zügel derart locker zu lassen.
„Sonnabends treffe ich mich nachmittags immer mit meinen Bekannten . . ."
Jetzt bloß nicht noch Kaffeekränzchen-Klatsch! Der Atem des Leutnants ging in ein leichtes nervöses Pfeifen über.

„. . .kann also nicht wissen, ob Herr Warkentin das Haus verläßt. Zum Beispiel, um zur S-Bahn zu gehen. Und die Gichtmaiern wird sonnabends von ihrer Tochter ausgefahren."
Der Leutnant horchte auf.
„Sie meinen, Warkentin ist Samstag in die Stadt gefahren?"
„Er sagt, er wäre zu Hause gewesen. Den ganzen Tag, die ganze Nacht. Bloß, die Gichtmaiern hat nachts jemanden durch die Gärten schleichen sehen."
Gleich zwei Möchtegern-Miß-Marples, dachte der Leutnant. Ausgerechnet in seinem Bereich!
„Ist es Christian Warkentin gewesen oder nicht?" Er fragte schroffer, als er gewollt hatte.
„Es war zu dunkel, um jemanden zu erkennen. Aber Warkentins Statur hat er gehabt, sagt sie."
„Wann genau ist das gewesen?"
„Gleich nachdem die letzte S-Bahn herein war."
Das folgende Schweigen gab den Worten Gewicht.
Die letzte S-Bahn. Ein Vorbestrafter entwischt in die Stadt und fährt mit der letzten Bahn zurück. Und in dieser Bahn wird ein Mädchen ermordet . . .
„Er kann's nicht gewesen sein", sagte sie nach einer Weile freundlich. „Er war ja zu Hause. Ich habe Schritte gehört über mir. Nachts. Kurz nachdem die letzte Bahn eingefahren war. Der Junge sagte, er sei aufgestanden und habe sich Milch warm gemacht. – Komisch. Er hat nämlich gar keine Milch gehabt."

6. „Also erzählen Sie mal, wie Annegret Baumann zu Tode gekommen ist, obwohl Sie das gar nicht gewollt haben."
Ranko Köpp schwor bei allem, was ihm lieb war – leider wußte er nichts anzuführen –, er habe das Mädchen nicht getötet und auch nicht gesehen in jener Nacht. Zuletzt sei er ihr am frühen Abend begegnet. In der *Tränke.*
Sie saß an einem Ecktisch. Es dauerte eine Weile, ehe Köpp

sie bemerkte. Als sie in seine Richtung sah, blieb ihr Blick gleichgültig. Köpp wußte nicht, ob sie ihn erkannte.
„Sie hatte einen Freier im Schlepptau“, sagte er, „irgendeinen feinen Schnösel. Der redete dauernd auf sie ein.“
Hauptmann Simosch registrierte, daß die Beschreibung des Schnösels auf Annegrets Freund André Rasch zutraf. Normalpublikum für die *Tränke* seien die beiden jedenfalls nicht gewesen, meinte Köpp. Ihm aber war durch die Anwesenheit des Mädchens das Lokal verleidet. Er zog ins nächste Restaurant. Das lag wenige Straßen weiter, in Richtung S-Bahn. Sein Kumpel sei mitgezogen, sagte er, der könne das bezeugen. Was dann kam, sei alles so verlaufen, wie er es der Polizei bereits geschildert habe: stockbesoffen zur letzten Bahn. Die netten alten Leutchen auf dem Bahnsteig. Filmriß. Keinesfalls habe er nachts die kleine Baumann noch mal gesehen.
„Und warum sind Sie vor ihr weggelaufen?“
Köpp gebrauchte dieselben Worte wie Samstagnacht. „Weil sie mich angeschissen hat.“

Am späten Vormittag war Leerlauf an der Materialausgabe. Mochte es daran liegen, daß die Baufreudigen um diese Zeit ihren Arbeitsplatz nicht verlassen konnten oder daß wenig im Angebot war. Aber Zement war gekommen, und sobald sich das rumgesprochen hatte, würde der Ansturm wieder einsetzen. Der Zement mußte in die große Lagerhalle. Dort wurde die Zufahrt erneuert. Der Gabelstapler kam ran, der LKW nicht. Also hielt der mit einem Hänger voll Zement hundert Meter weiter auf der Straße, und der Gabelstapler transportierte die Säcke zum Lager. Köpps Kollege, der auf dem Hänger geplatzte Säcke zur Seite schob und darauf achtete, daß der Stapler ordentlich faßte, hatte seinen drolligen Tag, wie Köpp später erzählte. Der alberte rum, blödelte auch mit Köpp, animierte ihn, zu einer Kraftprobe auf den Hänger zu kommen.
In der Verwaltung, wo die Kunden ihre Ware bezahlten und dafür Materialscheine erhielten, konnten nach Köpps Schät-

zung höchstens vier oder fünf Leute sein. Drei davon verließen das Gebäude garantiert unverrichteter Dinge. Ranko Köpp stieg also zu seinem Kumpel auf den Hänger.

Irgendwann sagte eine weibliche Stimme: „Bitte, ich kriege fünf Kilo Rodosal."

Rodosal für Sperrputz. Feine Sache. Viele kennen das noch gar nicht. Das Mädchen, das mit dem Materialschein wedelte, schien es auch zum ersten Mal zu kaufen. Sie hielt eine Tasche hoch.

„Paßt das alles hier rein? Sonst müßten Sie mir's in zwei Tüten verpacken."

Doch Köpp war eben dabei, eine Wette zu gewinnen und verspürte keine Lust, Rodosal in ein oder zwei Tüten zu füllen. Er sagte: „Moment mal!" und trat gegen seinen Kumpel an, der eben den Zementsack aus einer Höhe fallen ließ, die Köpp überbieten wollte. Er gewann.

„Und jetzt die Attraktion", sagte sein Kumpel. „Ich hab dich nämlich gewinnen lassen."

Es kam nicht darauf an, was man hob, sondern wie. Er kannte Tricks. Köpp staunte. Köpp probierte.

Das Mädchen war zurückgetreten, stand neben einem jungen Mann, der schon vor ihr dagewesen war, sich aber nicht getraut hatte, die beiden Kraftprotze auf dem Wagen bei ihrer sportlichen Betätigung zu stören. Er lehnte resigniert gegen einen Baum und ließ den Kopf hängen.

Der Gabelstapler holte eine Ladung Zement, dann trat das Mädchen wieder an den Wagen, sagte: „Wer von Ihnen ist für die Materialausgabe verantwortlich? Ich möchte endlich meine Ware haben!"

Sie war im Recht. Aber Köpp paßte dieser selbstbewußte Ton nicht. Außerdem wollte er den Trick mit dem Anheben noch rauskriegen.

„Klar kriegen Sie Ihre Ware", sagte er und beachtete sie nicht mehr.

Der Kunde, der am Baum lehnte, hob den Kopf. Köpp warf ihm einen drohenden Blick zu. Der Mann wandte sich ab.

Als der stellvertretende Direktor aus der Tür trat, kapierte

Köpp noch immer nichts. Erst, als hinter dem Direktor das Mädchen auftauchte und sie beide zum Hänger kamen, ahnte er, was geschehen war.

„Angeschissen hat sie mich", wiederholte er vor Simosch und Olbricht. „Wegen paar Minuten Wartezeit. Wenn Hochbetrieb gewesen wäre, hätte sie auch warten müssen. Noch länger sogar. Also wegen der mußte ich zur Konfliktkommission. So was mach ich nicht noch mal mit. Dann lieber gleich vor Gericht, wo einen niemand kennt. Ab Montag ist für mich Schluß in der Materialausgabe. Ich komme in die Lagerhalle. Und das alles wegen der Baumann. Am liebsten würde ich kündigen. Diese Hänseleien, verstehen Sie, so was vertrag ich nicht. Manche tun sogar, als hätte ich wirklich was ausgefressen. Die Kleine hat mich ganz schön fertiggemacht."

„Und nachts in der S-Bahn ist sie fertiggemacht worden", sagte Simosch.

Köpps kurzes Lachen klang verzweifelt. „Manchmal denkt man, man ist ganz unten angekommen, rappelt sich auf – und fällt in ein großes, schwarzes Loch. Also für euch bin ich das gefundene Fressen. Ich habe im Suff ein Mädchen erstochen, das mir meinen Job vermasselt und mich lächerlich gemacht hat. Und ich bin neben ihr eingeschlafen, um mich zu eurer Verfügung zu halten."

Simosch und Olbricht tauschten einen Blick und schwiegen erstaunt.

„Was ist denn?" fragte Ranko Köpp irritiert. „Wißt ihr etwa nicht weiter?"

„Niemand hat erwähnt, das sie erstochen wurde", sagte der Leutnant. „Wo ist Ihr Messer?"

„Bei dem Kram, den Sie mir abgenommen haben. Ausweis, Geldtasche, Schlüsselbund."

„Ich habe Ihnen nur den Ausweis abgenommen", sagte Olbricht. „In Ihrer Manteltasche steckten zwei Fahrscheine und eine Mark zwanzig Kleingeld. Was anderes hatten Sie nicht bei sich."

„Scheiße. Da hat mir wohl einer in die Tasche gegriffen, bevor Sie gekommen sind. Na, hat sich ja gelohnt für den Kumpel. Mein Monatsgehalt."
So könne das durchaus passiert sein, dachte Simosch. Geldtag, Sauftag, Brieftasche weg. Betrunkene waren für Diebe von jeher leichte Beute gewesen. Selber schuld. Doch es war auch möglich, daß Ranko Köpp log und sehr wohl wußte, was in jener Nacht geschehen war.
Simosch entließ ihn. Doch er war mit ihm noch keineswegs im reinen.
Das Telefon läutete. Es war der Aufsichter aus O., der das tote Mädchen gefunden hatte. Ihm sei noch etwas eingefallen, sagte er.
„Sie interessieren sich doch für die Penner, die die letzte Bahn als Schlafwagen benutzen?"
„Ja, für die auch."
„Den ich hier in O. gesehen habe, der ist von jemandem Schielewipp gerufen worden. Sein rechtes Auge hat nämlich so einen leichten Blick nach außen. Und dieser Schielewipp trägt meistens einen olivgrünen zerlumpten Lodenmantel und so was wie einen Schlapphut."
„Danke", sagte der Hauptmann, „da hätten wir ja wieder was."
Er beauftragte einen Kriminalisten der Sonderkommission, im Nachtzug nach diesem Schielewipp Ausschau zu halten.
Der nächste Anruf informierte Simosch darüber, daß zur Zeit alle Dienstwagen im Einsatz seien. Er könne frühestens in einer Stunde abgeholt werden.
„Vergessen Sie's", sagte Simosch, „ich fahre mit der Bahn."
Sein Škoda stand in der Werkstatt. Mit der S-Bahn konnte er eine halbe Stunde früher zu Hause sein, als wenn er auf den Dienstwagen gewartet hätte. Er wollte endlich schlafen. Nicht wie in den letzten Nächten auf einer Pritsche im Präsidium, sondern zu Hause, im eigenen Bett. Auch Olbricht hatte Ringe unter den Augen. Er kam, um sich vom Hauptmann zu verabschieden.
„Ihre Ablösung ist im Anmarsch", sagte er.
Doch bevor sie eintraf, schrillte das Telefon noch einmal.

Seufzend griff Simosch zum Hörer, der Leutnant blieb an der Tür stehen.

„Feierabend gesichert?“ fragte er, als Simosch auflegte, „oder muß es gleich sein?“ Er warf einen resignierten Blick zum Telefon.

„Da ist in O. eine Sache, die uns vielleicht was bringt. Dem Leiter der dortigen VP-Dienststelle ist von einem jugendlichen Haftentlassenen berichtet worden, der allem Anschein nach am Samstag in der Stadt gewesen und mit der letzten Bahn zurückgefahren ist. Der Junge wurde auf Bewährung entlassen und hat Stadtverbot. Bis jetzt hat er alle Auflagen strikt eingehalten. Angezeigt wurde er von seiner Wirtin, die gern in anderer Leute Töpfe guckt. Kümmern Sie sich um die Sache. Ich möchte so viel wie möglich über diesen Christian Warkentin wissen, bevor ich ihn vernehme. Aber jetzt ist hier die Klappe zu für uns.“

Vier Busse reihten sich hintereinander, schluckten die Menschenmenge, die an der Haltestelle drängelte. An jedem Bus die Aufschrift *Schienenersatzverkehr.* Hauptmann Simosch erkundigte sich, was ersetzt wurde, und atmete auf, daß es die U-Bahn war.

Er lief weiter, stellte sich am Schalter nach Fahrkarten an, fluchte innerlich, weil es nur langsam voranging und er keine passende Münze für den Automaten fand. In der S-Bahn waren noch Plätze frei. Er setzte sich ans Fenster. In so einem Abteil, Wagenmitte, Fensterplatz, hatte Annegret Baumann gesessen. Vierzig Messerstiche. Die Bestie in der Gestalt eines unauffälligen Menschen. Den hatte er zu finden.

Der da drüben konnte es sein. Er las Zeitung. Oder der Mann vor ihm. Lauthals erklärte er seiner Nachbarin, ihr HGL-Vorsitzender sei eine Napfsülze, habe sich noch nie um die Belange der Mieter gekümmert. Die Frau kam als Täterin nicht in Frage, meinte Simosch. Die war zu spillerig, die wäre von Annegret Baumann überwältigt worden.

Vierzig Messerstiche. Kriminalisten sollten mit Sensoren ausgestattet sein, die aus der Menschenmenge den Verbrecher, den Maskierten, herausfühlen, dachte Simosch bedrückt. Die-

ses Bedrücktsein verspürte er oft zu Beginn einer Ermittlung, trotz des perfekten Mechanismus, der sofort in Gang gesetzt wurde. Der erste Angriff: zielgerichtete, ineinandergreifende Ermittlungen der MUK und zahlreicher spezifischer Dienstzweige, vom ABV bis zur Kriminaltechnik.
Doch um unter all den Spuren die richtige zu verfolgen, um unter möglichen Tätern den wirklichen zu erkennen, dazu war etwas nötig, das in keinem Lehrbuch stand, das Simosch selbst einbringen mußte, ohne daß er Zeugen, Untersuchungsergebnisse und Verdächtige nicht in den richtigen Zusammenhang bekam.
Dieser Ranko Köpp zum Beispiel. Fünfundzwanzig Jahre alt. Von der Natur benachteiligt: abstoßendes Gesicht, pyknischer Körperbau. Welches Mädchen fühlte sich zu dem wohl hingezogen? Hatte Köpp überhaupt ein ungestörtes Verhältnis zum anderen Geschlecht? Ein Mädchen hatte die Courage gehabt, sich über ihn zu beschweren!
Ersticht man einen Menschen, weil er einen vor die Konfliktkommission gebracht hat?
Vielleicht waren sie sich nachts in der S-Bahn begegnet. Er, betrunken und gereizt, hatte sie angepöbelt, und sie war ihm nichts schuldig geblieben. Vielleicht hatte sie ihn in einen unheilvollen Zorn hineingetrieben.
Oder wollte er ihr erklären, welche Lawine sie mit ihrer Beschwerde ausgelöst hatte? Wie lächerlich sie ihn gemacht hatte. Das Mädchen, sogar von ihrem Vater als noch zu unreif für das Leben bezeichnet, unterschied nur zwischen Recht und Unrecht. Sie war im Recht gewesen. Niemals hätte sie für Köpps Probleme Verständnis aufbringen können.
Es ist möglich, daß ein Mensch außer sich gerät, wenn er, sentimental gestimmt, sich aussprechen oder gar versöhnen möchte mit seinem Widersacher – und abgewiesen wird.
Hauptmann Simosch schrieb in sein Notizbuch *Ranko Köpp* und versah den Namen mit einem Ausrufezeichen. Darunter notierte er *André Rasch* und *Christian Warkentin.* Hinter beide Namen setzte er ein Fragezeichen.

7. Die Annonce der Kriminalpolizei blieb ohne Widerhall. Weder im Präsidium noch in irgendeiner Polizeidienststelle meldeten sich Fahrgäste der letzten S-Bahn.
„Sieht aus", sagte Olbricht zum Hauptmann, „als hätten nur Annegret Baumann und ihr Mörder die Bahn benutzt. Von dem können wir wohl nicht erwarten, daß er sich meldet. Aber warum kommen die anderen nicht zu uns?"
„So viele Menschen, so viele Gründe", erwiderte Simosch. „Kommen Sie nicht zu uns, müssen wir sie suchen."
„Hunderte Kriminalisten und Polizisten tun seit Tagen nichts anderes", erwiderte Olbricht und seufzte.
Sie seien durchaus nicht erfolglos gewesen, beschwichtigte Simosch, sie hätten gute Vorarbeit geleistet für ein gezieltes Unternehmen.
Entlang der S-Bahn-Strecke war von der Sonderkommission gleichsam ein unsichtbares Netz gezogen worden. Rowdies und Taschendiebe verfingen sich darin, Sittenstrolche, Kiosk und Gartenlaubenräuber. Bevor man sie den zuständigen Dezernaten zuführte, wurden sie nach Personen befragt, denen sie in jener Nacht begegnet waren. Fahrgäste, die von der S-Bahn kamen oder zur nächstgelegenen Station liefen. Auf Simoschs Schreibtisch häuften sich Hinweise, Notizen, Vernehmungsprotokolle.
„Schon deuten sich Tendenzen an", sagte Simosch, „die für unsere weitere Arbeit wichtig sind. Rowdies und Schläger schenken ihrer Umwelt wenig Beachtung. Die handeln spontan, folgen einem plötzlich ausbrechenden aggressiven Trieb. Einbrecher, Diebe und Sittlichkeitsverbrecher dagegen erweisen sich als gute Beobachter; die sichern sich ab im eigenen Interesse. Wir haben Hinweise auf sogenannte Zupper: Taschendiebe, die in der S-Bahn Betrunkene ausnehmen. Schleichen von Wagen zu Wagen und gucken sich die Leute genau an. Wir müssen uns also an die Zupper halten."
„Wir haben keine", klagte Olbricht.
„Und doch ist in jener Nacht einer unterwegs gewesen." Simosch schob dem Leutnant einen Hefter zu. „Beschäftigen Sie

sich mit dieser Anzeige. Sprechen Sie mit dem, der sie aufgegeben hat. Dann sehen wir weiter."

Wieder brachten sie Hauptmann Simosch einen, der sich im Netz verfangen hatte. Kioskeinbruch in N. Der Kiosk stand neben dem Eingang zur S-Bahn. Es war die vorletzte Station. Der Mann hieß Rolf Jüttner. Eine Frau hatte ihn auf frischer Tat ertappt.

„Was soll ich mit ihm?" fragte Simosch abweisend. „Wenn er zu betrunken war, um einen Bruch hinzukriegen, wird er auch niemanden beobachtet haben, der von der S-Bahn gekommen ist."

„Er war selbst in der Bahn", erklärte der Kriminalist. „Wenn Sie möchten, vernehme ich ihn. Ich wollte Ihnen nur nicht vorgreifen."

„In der Bahn ist er gewesen? Gut, bringen Sie ihn zu mir."

Rolf Jüttner, vierundzwanzig Jahre alt, hatte ungewöhnlich hellgraue Augen und ein aknekrankes Gesicht. Simoschs Fragen beantwortete er bereitwillig.

Ja, er war Samstagmorgen in die Stadt gefahren, sein Stiefvater mochte es nicht, wenn er sich am Wochenende zu Hause herumdrückte.

„Haben Sie schon mal was unternommen, um eigenen Wohnraum zu erhalten?"

„So was ist schwer heutzutage", meinte er ausweichend.

„Mit wem sind Sie in der Stadt gewesen?"

„Bin immer allein", sagte Jüttner mit leerem Lächeln.

„Kein Mädchen?"

Die Frage fiel Simosch schwer. Wer mochte schon dieses unappetitliche Gesicht an sich drücken.

„Ich habe einen Spiegel."

Festgestellt ohne Wehmut, ohne Aggression. Jüttner schien sich mit sich selbst abgefunden zu haben.

„Wie ist denn Ihr Tag in der Stadt verlaufen?"

„War im Tierpark. Ich geh gern in den Tierpark. Manche kann man streicheln."

Bei jedem anderen hätte Simosch gedacht, du armer Kerl.

Jüttner aber hatte etwas an sich, das Simosch mißfiel. Er fragte: „Besitzen Sie ein Haustier?“
„Ich hätte gern eins. Aber meine Eltern wollen's nicht.“
„Der Tierpark schließt, wenn es dunkel wird.“
„Kenn paar Kneipen, wo Kumpels sitzen, die mich mögen.“
Er nannte drei Gaststätten, in denen er gewesen war und zählte Bekannte auf, die er dort getroffen hatte.
Während er sprach, wurde Simosch klar, was ihn an Jüttner störte: die Art, wie er ihm antwortete: konzentriert, freimütig, doch sein unsteter Blick verriet, daß in seinem Inneren etwas verborgen blieb, woran man nicht ungestraft rühren durfte.
„Was haben Sie denn so konsumiert am Samstagabend?“
Bier und Korn. Bier und Korn. Auch in der dritten Gaststätte. Simosch errechnete eine Menge, die seinen eigenen Bedarf für Wochen gedeckt hätte.
„Sind Sie gegangen, weil Sie voll waren?“
„Ich war nicht voll.“ Seine Lippen wurden schmal, der Blick nachdenklich. Dann fügte er in seiner freimütigen Art hinzu: „Einer hat gesagt, wenn ich nicht so spendabel wäre, würde er auf mich scheißen. Das hat mich geärgert und ich bin gegangen.“
„Sie haben das so hingenommen?“
„Ich nehme vieles hin.“
„Sie waren also zeitig auf dem S-Bahnhof.“
Kopfschütteln. „Gerade rechtzeitig. Hätt der mich nicht geärgert, hätte ich die Bahn verpaßt.“
„Erinnern Sie sich, wer außer Ihnen auf den Zug gewartet und wer mit Ihnen im Abteil gesessen hat?“
„Nein. Ich gucke nicht nach den Leuten. Aber in N., wo ich ausgestiegen und am Zug langgelaufen bin, habe ich Bertrams gesehen. Ich glaube, das war im ersten Wagen. Die haben mich erkannt und mir zugewinkt.“
„Woher kennen Sie die Leute?“
„Sind vor Jahren unsere Nachbarn gewesen. Jetzt wohnen sie in O.“
„Und wer war die Frau, die Sie erwischt hat?“
„Weiß nicht. Hab erfahren, die wohnt auch in N. Aber, wie ge-

sagt, ich kümmere mich nicht um die Leute, geh bloß sonnabends zu den Kumpels in die Stadt."
„Was haben Sie getan, als die Frau vor Ihnen stand?"
„Wollt sie überreden, auch was einzustecken. Sie hat nicht mitgemacht und nach der Polizei gerufen. Dummerweise hat's der Mann im Aufsichtshäuschen gehört und bei der Polizei angeklingelt."
Er hätte die Frau niederschlagen können, dachte Simosch, aber er ist kein Schlägertyp.
„Warum haben Sie den Kiosk geknackt?"
„Mein Geld war alle, aber mein Durst nicht. Brauchte noch was für den Sonntag. Ich wollte mir das abgewöhnen, wirklich, aber ..." Er schwieg betreten.
Simosch horchte auf, fragte: „Heißt das, Sie haben mehrere Einbrüche auf dem Kerbholz?"
„Hab's Ihren Kollegen schon gestanden."
Sein Blick flackerte durchs Zimmer. Möglicherweise schämte sich Jüttner. War er einer von denen, die aufatmeten, wenn die Polizei ihrem Treiben ein Ende setzte? Die nicht stark genug waren, von selbst aufzuhören? Auf jeden Fall war er ein labiler Charakter, wich Schwierigkeiten aus und verstand nicht, den Kopf aus der Schlinge zu ziehen. Der Hauptmann zeigte ihm Annegret Baumanns Foto.
„Kennen Sie dieses Mädchen?"
„Sie heißt Annegret. Familiennamen weiß ich nicht."
„Woher kennen Sie sie?"
„Drüben im Nachbarort ist ein Platz, wo Hunde dressiert werden. Guck' manchmal zu. Das Mädchen dressiert Hunde. Hat selbst einen Dobermann."
„Wann haben Sie sie zuletzt gesehen?"
Er überlegte. Es war vor längerer Zeit auf dem Dressurplatz gewesen.
„Sie ist tot."
„Nein!"
Zum erstenmal, seit sie sich gegenübersaßen, zeigte Jüttner eine Gefühlsregung. Das Blut schoß ihm in die Wangen und sein Blick wurde wehmütig.

„Die konnte so gut mit Hunden umgehen", sagte er fast tonlos, „und war sehr hübsch."
„Sie ist ermordet worden. In der letzten S-Bahn, mit der auch Sie gefahren sind."
„Sie hätte ihren Dobermann mitnehmen sollen", sagte Jüttner.

Die Anzeige lautete auf Diebstahl, und der Mann, der sie aufgegeben hatte, hieß Herbert Schurig.
Die Garderobenfrau der *Bahnhofsklause* erinnerte sich noch an ihn. Er kam zur Garderobe gewankt, schob ihr seine Marke zu, und sie händigte ihm Sommermantel, Hut und Einkaufsbeutel aus.
„Lassense sich nur Zeit", riet sie ihm, „den Lumpensammler schaffense allemal noch. Nu zieh 'n Sie mal Ihren Mantel nich noch verkehrt rum an!"
Herr Schurig kicherte.
„Dufte seid ihr hier!" Sein Hut landete auf dem Hinterkopf und rutschte ihm ins Genick. Mit großer Geste zog er ihn wieder vom Kopf und verbeugte sich. „Darf ich vorstellen: Schurig. Vater. Von Zwillingen. Seit heute. Ende der Durchsage."
Diesmal rutschte ihm der Hut in die Stirn. Er zog ihn noch einmal. „Mutter wohlauf", sagte er, „Vater den Umständen entsprechend. Hab schon Spielzeug gekauft. Und den Ring für Muttern. – Lang ersehnt, heiß erfleht ..."
Die letzten Worte sang er. Dann stopfte er den Hut in den Einkaufsbeutel und wankte zur Tür.
Auf dem Bahnhof sei es duster und zugig gewesen, erzählte er Leutnant Olbricht, und außer ihm hätten noch Oma und Opa auf die letzte Bahn gewartet. Untergehakt. Außerdem zwei ungesellige Typen. Nervös und völlig mit sich selbst beschäftigt der eine. Den brauchte er gar nicht anzusprechen, der lief wie aufgezogen den Bahnsteig hin und her. Der andere, der mit der Baskenmütze, stand an der Treppe.
„... dort, wo es am zugigsten ist", erklärte Herr Schurig, sehr erstaunt über seine Entdeckung. „Samstagnacht bin ich da natürlich nicht draufgekommen", sagte er, „aber jetzt find ich's verwunderlich. Er hat sich wahrhaftig die ganze Zeit dort auf-

gehalten, wo man sich hinstellt, wenn man einen Schnupfen braucht."
Der Leutnant fragte ihn, ob ihm sonst noch was aufgefallen sei an dem Mann.
„Nur seine Ungeselligkeit. Ich verstehe solche Typen nicht. Da warten nachts fünf Menschen auf einer tristen, zugigen Station, und wenn einer das Bedürfnis hat, mit dem anderen zu sprechen, wendet der sich ab. Er ist die Treppe runter, als müsse er ausreißen vor mir. Aber als die Bahn einfuhr, da kam er zurück und war schneller im Abteil als ich."
„Sie sind im selben Abteil eingestiegen?"
Herr Schurig schüttelte den Kopf. „Der mit der Baskenmütze ist an mir vorbeigespurtet und in einem der vorderen Wagen verschwunden. Ich hab's mit Mühe zum nächstgelegenen Abteil geschafft."
„Demnach kann der Mann mit der Baskenmütze Sie nicht bestohlen haben. Es sei denn, er wäre an der nächsten Station in Ihren Wagen übergewechselt."
Schulterzucken. Denkerfalten auf der Stirn. „So im Nachhinein", sagte Herr Schurig, „scheint mir, der Junge war nicht ganz koscher. An der Treppe war ja nicht nur Zugluft, sondern auch die beste Gelegenheit zu türmen. Und das wollte er, als ich näher gekommen bin. – In der Bahn war dann Hinsetzen und Einschlafen eins bei mir. Paar Stationen weiter, als ich aufwachte, riß jemand die Tür auf und sprang hinaus. Eine Baskenmütze hatte der nicht auf. Vielleicht hat er sie abgenommen. Es ging alles sehr schnell, und ich hatte einen schweren Kopf. – Sie werden ihn finden, nicht wahr?"
„Wir tun unser Bestes", sagte Leutnant Olbricht.
„Und Sie werden mir alles ersetzen." Das war keine Frage mehr. Herr Schurig forderte. „Mein Geld, die Spielsachen, den Ring, den meine Frau gegen Goldabgabe hat anfertigen lassen."
„Erst müssen wir den Dieb haben."
„Und wenn Sie ihn nicht finden? Was sind denn das überhaupt für Zustände? Bin ich vielleicht im Wilden Westen gewesen?"

Herr Schurig steigerte sich so in Erregung, daß ihm die Stirnader schwoll. „Schlafende Bürger ausrauben! Gehört *das* zum Sozialismus?“
„Betrunkene“, erwiderte Olbricht gleichmütig, „sind in der ganzen Welt Freiwild für Schlitzohren.“
„Aha! Nun wird der Spieß umgedreht! Ich werde von einer Dienststelle zur anderen geschickt, als hätte ich was verbrochen. Warum suchen Sie diesen Lumpen nicht? Warum kommt sowas nicht in die Zeitung, damit die Bürger gewarnt ...“
Leutnant Olbricht schnitt ihm das Wort ab.
„In der Zeitung stand, alle Bürger, die Samstagnacht mit der letzten S-Bahn von S. nach O. gefahren sind, möchten sich bei der Polizei melden. *Sie* sind nicht zu uns gekommen. Sie haben nur eine Anzeige an die Bahnpolizei geschickt.“
Unvermittelt wurde Herr Schurig friedfertig. „Ich bin kein großer Zeitungsleser. Um ehrlich zu sein, ich habe diese Woche noch gar keine in die Hand genommen. Sie sind also ganz ernsthaft hinter ihm her ...“
„Vor allem suchen wir einen Mörder, der in jener Nacht mit der letzten S-Bahn gefahren ist“, sagte Olbricht, „und ich möchte, daß Sie Ihr Gedächtnis noch einmal bemühen ...“
Wesentliches erfuhr Leutnant Olbricht nicht mehr. Herr Schurig erinnerte sich nur an die Wartenden auf dem Bahnsteig und kam immer wieder auf den Jungen mit der Baskenmütze zu sprechen.

8. „Hallo, Christian! Die Heule ist fertig.“
Christian Warkentin, der eben die Hose seines Arbeitsanzuges zuknöpfte, wandte sich um. Auf dem Tisch in der Werkstatt stand sein Kofferradio. Eines der wenigen Dinge, die er aus der elterlichen Wohnung mitnehmen durfte. Und nur deshalb, weil der Apparat defekt war.
„Danke, Uwe. War's 'ne schwierige Operation?“
Uwe schloß den Apparat ans Stromnetz an.

„Ach wo, für 'n passionierten Bastelfritzen bloß 'ne Kleinigkeit."
„Was kriegst'n?"
„Mach keinen Quatsch. Das fällt unter Nachbarschaftshilfe. Komm, probier mal."
Christian Warkentin schaltete ein.
Abschied sei ein scharfes Schwert, verkündete Roger Whittaker überlaut.
„Hat doch noch 'n guten Klang", sagte Uwe. „Nimm mal die Tiefe voll rein."
Auf den Apparat fiel ein Schatten. Sie wandten sich gleichzeitig um.
„Das hier ist eine Werkstatt und kein Rockschuppen."
Eine schneidende Stimme. Ein vorwurfsvoller Ton. Ehe der Meister heran war, schaltete Warkentin aus, zog den Stecker, warf seine Jacke über das Radio und klemmte es unter den Arm.
„Natürlich, der Warkentin."
Die Art, wie er es sagte, ließ Warkentin blaß werden. So spricht man zu jemandem, der von früh bis spät Blödsinn anstellt und von dem man eigentlich nichts anderes erwartet.
„Was heißt denn hier natürlich?" Uwe stellte sich zwischen Warkentin und den Meister. „Erstens haben Sie Christian noch nie was vorwerfen müssen, zweitens habe ich das Radio eingeschaltet . . ."
Christian Warkentin verstaute den Apparat in einem Beutel.
„Hör auf, vor Edelmut zu triefen", sagte er ärgerlich.
„Und drittens", Uwe negierte den Zwischenruf, „beginnt die Arbeitszeit", er wies auf die Uhr über dem Tisch, „in genau vier Minuten."
„Das will ich aber hoffen, daß sie da beginnt! Und das mir heute alles flutscht! Ihr seid alleine. Klaus hat Urlaub und Jens hat sich krank schreiben lassen."
„Der *ist* krank", sagte Uwe, „der hatte gestern schon den Rotz und Fieber dazu."
Der Meister verließ die Werkstatt.

„Laß dir von dem Muffel die Butter nicht vom Brot nehmen“, sagte Uwe.
Warkentin schwieg. Er hatte von vornherein gewußt, daß er für den Meister nur der Knasti war, daß immer Mißtrauen zwischen ihnen sein würde. Damit mußte er leben. Und darauf achten, daß nichts passierte. Trotzdem kam er mit dem Meister besser zurecht als mit Jens, der die Haftanstalt für eine Art Abenteuerspielplatz zu halten schien und immerzu Knastgeschichten hören wollte.
„Müßt ihr im Hof im Kreis rum laufen, wie man's im Kino manchmal sieht? – Gibt's unter euch 'ne Rangordnung? – Könnt ihr Kassiber schmuggeln?“
„Geh doch selber rein“, riet Warkentin ihm eines Tages, „wenn du's unbedingt wissen mußt.“
Seitdem war auch Jens nicht sonderlich gut auf ihn zu sprechen. Klaus war ein wortkarger Typ und sprach ohnehin nur das Nötigste. Außer, wenn es um Briefmarken ging. Aber da fiel Warkentin als Partner aus.
Mittagessen gab's in der *Suppenkelle*, kaum drei Minuten von der Werkstatt entfernt. An jenem Tag kam Uwe später, setzte sich zu Christian Warkentin und sagte leise: „Ich hab was spitzgekriegt. Da ist Polente aus der Stadt dagewesen und hat Erkundigungen über dich eingezogen.“
Warkentin stieg eine Blutwelle zu Kopf. Bleib ruhig, befahl er sich. Das ist doch ganz normal. Du hast Bewährung, also wird man ab und zu herumhorchen, ob du dich bewährst. Niemand hat Grund, sich über dich zu beklagen, weder in der Werkstatt, noch im Ort. Die Meinerten schon gar nicht. Also hast auch du keinen Grund, dir den Kopf heiß zu machen.
„Das wird noch mehrmals vorkommen“, sagte er ruhig, „bis ich die Bewährungszeit hinter mir habe.“
„Also, wenn mich jemand fragen würde, ich könnte nur Gutes über dich erzählen.“
„Man kann über keinen Menschen nur Gutes erzählen.“
Uwe ging nicht weiter darauf ein. Nach einer Weile sagte er: „Alleine, daß du's bei der Meinerten aushältst.“
„Ich halt's aus“, erwiderte Warkentin.

„Hoffentlich kriegst du mit dem Radio keinen Ärger. Die Hütte ist doch mehr als hellhörig."
„Ich rück's dicht ans Bett und stell's ganz leise."
„Da ist doch ein Anschluß für'n Ohrhörer! Mensch, daß ich da nicht früher drauf gekommen bin! Ich habe noch einen zu Hause, den brauche ich nicht mehr. Komm nach der Arbeit mit zu mir, da kannst du ihn gleich mitnehmen."
Christian Warkentin schüttelte den Kopf. „Falls du ihn wirklich nicht brauchst, hat's auch bis morgen Zeit."
„Du bist kein bißchen gesellig", sagte Uwe, „das ist das einzige, was ich an dir auszusetzen habe."
Er warf ihm vor, was auch Frau Meinert an ihm bemängelte. Warkentin war das Wort Geselligkeit zuwider. Es klang für ihn nach Kaffeeklatsch und Operette. Nach den ersten polizeilichen Vernehmungen aber bekam es noch einen anderen Beigeschmack.
„Ihre Spießgesellen", sagte einer der Polizisten, „haben den Mund schon aufgemacht. Und haben Sie nicht geschont."
Spießgesellen. Schlafgesellen. Knastgesellen. Er wollte vergessen.
„Ich muß erst mal mit mir selbst ins Reine kommen", sagte er freundlich. „Die haben sich schon was dabei gedacht, mich in die Einöde zu schicken."
„Ich weiß, man hat dir harte Bandagen angelegt. Aber der Umgang mit mir ist dir nicht verboten worden. Und unser Jugendklub steht dir auch offen."
Uwe, der Missionar im Blauhemd. Eine ehrliche Seele. Hilfsbereit. Aber helfen hieß für ihn, jedermann in die Richtung zu ziehen, in die er marschierte.
„Laß mich in Frieden", sagte Warkentin. „Macht ihr eueres, ich mach meins."
Frau Meinert stand nicht unter der Tür, als er nach Hause kam. Auch im Flur wartete sie nicht auf ihn. Erst, als Warkentin die Treppe hochstieg, trat sie aus ihrem Zimmer und blickte ihm nach.
„Guten Tag, Herr Warkentin."
Gespielte Freundlichkeit. Er erwiderte ihren Gruß auf gleiche

Weise. Ihr neugieriger Blick galt dem prallen Beutel, in dem er das Kofferradio trug. Doch sie fragte nicht. Sie seufzte wie unter einer seelischen Last und ging ins Zimmer zurück.
Warkentin frohlockte. Sie gibt auf. Ich langweile sie. Sie wird aufhören, mir nachzuspionieren. Das wäre geschafft. Mit der Zeit wird sich ein Problem nach dem anderen lösen. Die Zeit arbeitet für mich.
Sein Zimmer erschien ihm heute weniger trist. Er trat ans Fenster. Die Kirschbäume waren fast abgeblüht, die Apfelbäume aber übersät mit zarten, weißrosa Blüten. Es muß nicht die Stadt sein, dachte Christian Warkentin, aber das habe ich nicht gewußt. Sobald Kerstin gesund war und ihn wieder besuchen konnte, würden sie nicht nur in diesem Zimmer hocken. Draußen gab es vieles zu entdecken, was er nur aus Büchern kannte. Die Zeit der Bewährung würde ihm schneller und besser vergehen, als er anfangs geglaubt hatte. Jetzt konnte er sogar Musik hören.
Er legte die unterwegs gekauften Batterien ein, stellte den Apparat auf seinen Stuhl und rückte ihn dicht ans Bett. Er warf sich aufs Bett und schaltete ein.
Peter Maffay. *Über sieben Brücken mußt du gehn . . .*
Wie haltbar waren solche Brücken eigentlich? Wie viele lagen schon hinter ihm? Hatte er nicht eben wieder eine betreten? Die letzte S-Bahn. Wie tief war der Abgrund, über den er schritt? Er mußte heil drüben ankommen. Am besten, die Augen schließen und sich Schritt für Schritt vorwärtstasten. Es würde gut gehen. Nein, er würde nicht zurückkommen.
Aber einmal auch der helle Schein . . .
Das Klopfen an der Haustür war hart und fordernd. Warkentin lauschte. Niemand schlurfte durch den Flur, niemand öffnete. Er hatte Frau Meinert nicht gehen hören. Das war gut so. Wenn sie ihm nicht mehr nachspionierte, brauchte er auch ihr Kommen und Gehen nicht zu beachten.
Das Klopfen wurde dringlicher. Warkentin angelte nach seinen Pantinen und lief die Treppe hinunter.
Der Fremde, der vor der Tür stand, schien eine Festlichkeit in diesem Hause zu erwarten. Nadelstreifenanzug, Weste, creme-

farbenes Hemd, Binder. Alles mit Geschmack aufeinander abgestimmt. Auch die lackfeinen Schuhe. Solchen Umgang hatte Warkentin der Meinerten gar nicht zugetraut.
„Ich glaube, Frau Meinert ist weggegangen."
Der Fremde sah ihn an.
Es gibt Augenblicke, da weiß man alles.
Christian Warkentin wußte, daß die Meinerten zu Hause war, hinter der Tür stand und lauschte. Er wußte, daß der Fremde zu ihm wollte und daß er sagen würde: Kriminalpolizei.
„Guten Abend", sagte Hauptmann Simosch und nannte seinen Namen. „Kriminalpolizei."
Warkentin schwieg. Er fühlte seine Achselhöhlen feucht werden, hätte sich auch gern die Stirn gewischt. Er konnte nicht. Er mußte diese elegante Erscheinung anstarren. Der also. Auf den hatte er Abend für Abend gewartet und zugleich gehofft, daß er nicht kommen werde. Wie er das jetzt bereute! Soviel untätig vertane Zeit! Er hätte sich ein Alibi aufbauen, sich vorbereiten sollen auf das, was jetzt kam.
„Sind Sie Christian Warkentin?"
Warum nur hatte er alle Zeichen falsch gedeutet? Uwes Hinweis, da habe jemand nach ihm gefragt. Die seltsame Zurückhaltung der Meinerten. Zuvor ihre Anspielung, die Gichtmaiern habe jemanden gesehen in der Nacht. Gewiß war es die Meinerten gewesen, die ihn angezeigt hatte, kürzlich, als sie zu ungewohnter Zeit das Haus verließ.
Ja, sagte er, er sei Christian Warkentin.
Entgegen seiner ersten Anweisung hatte Simosch entschieden, Warkentin in O. zu vernehmen. Gesprächspartner der Polizei – vom unbescholtenen Bürger über Zeugen, Verdächtige, bis zum Gesetzesverletzer –, die meisten waren in ihren eigenen vier Wänden aufgeschlossener als in einem Dienstraum. Andere wiederum, zu Hause unnahbar und zugeknöpft, kriegten den Mund erst in ungewohnter Umgebung auf. Doch einen Christian Warkentin konnten Amtszimmer wohl kaum noch beeindrucken.
Simosch hatte Leutnant Olbrichts Bericht über den Jungen sorgfältig studiert; seine Lebenshaltung, seine Straftaten. Er

wußte über Warkentins Führung im Strafvollzug Bescheid und über die von Gericht und Polizei erteilten Auflagen. Simosch interessierte, wie der Junge jetzt lebte und mit seinen Schwierigkeiten zurechtkam.
Der Polizeiwagen parkte in respektabler Entfernung vom Meinertschen Anwesen. Doch hier und da wurden Gardinen angehoben oder spaltbreit zur Seite geschoben. Hinter einigen Fenstern verlosch das Licht. So konnte man in der Dämmerung den Weg des Hauptmanns besser verfolgen.
Das Haus, in dem Christian Warkentin wohnte, gehörte nach Simoschs Meinung auf eine Liste abbruchreifer Häuser. Der Putz bröckelte. Die Feuchtigkeit fraß quadratmetergroße Flecke ins Mauerwerk. Die Dachrinne leckte, der Schornstein verfiel. Die alte Frau Meinert, hatte der Leiter der Polizeidienststelle versichert, klammere sich an ihr zusammenbrechendes Eigentum.
Kein Grund, einen jungen Menschen dort einzuquartieren, entgegnete Simosch.
Menschen? Der soll sich erst mal bewähren!
Simosch hatte eine scharfe Entgegnung auf den Lippen, hielt sich aber zurück. Er kam nicht von der Sozialfürsorge. Denen konnte er bestenfalls einen Hinweis geben.
„Mich wollen Sie also beehren?" fragte der Junge mit gespieltem Erstaunen.
Er hat angenommen, daß jemand kommen würde, dachte Simosch, aber er scheint noch nicht so bald mit uns gerechnet zu haben.
„In diesem Falle", fuhr Warkentin fort, „folgen Sie mir bitte ins obere Etablissement."
Die Luft im Haus war abgestanden und durchsetzt mit jenem scharfen Geruch von Ammoniak und Desinfektionsmitteln, der für alte Häuser mit Trockentoiletten typisch war. Am oberen Treppenabsatz standen ein Nachtschränkchen mit Kochplatte darauf, ein altertümliches Waschgestell, Porzellanschüssel, Wasserkrug. Alles Reißer für den Antiquitäten An- und Verkauf. Deprimierend als Gebrauchsgegenstände ohne Alternative.

„Kein fließend Wasser hier oben?"
„Doch", sagte Warkentin, „an den Wänden in meinem Zimmer."
Das Beste am Zimmer war der Ausblick. Ein Fliederbusch. Kirsch- und Apfelbäume. Wiesen, Felder, Wald in der Ferne. Die Baumkronen fingen eben die Sonne auf.
Christian Warkentin stellte das Radio ab, das noch immer leise Musik spielte, hob es vom Stuhl auf den Tisch und schob Simosch den Stuhl zu.
„Bitte", sagte er, „Ehrensitz für Ehrengäste."
Er selbst hockte sich mit angezogenen Beinen auf die Couch.
„Wer ist das?" fragte der Hauptmann und legte ein Foto auf den Tisch.
Warkentin erkannte den Betrunkenen, der Samstagnacht auf ihn zugekommen war, kurz bevor die Bahn einfuhr.
„In O. habe ich den noch nicht gesehen", sagte er gleichmütig und dachte, laß dich nicht ins Boxhorn jagen, der war besoffen, der kann dich nicht mit Sicherheit erkennen, und dieser Hauptmann hier, der blufft. Als Simosch ihn schweigend und erwartungsvoll ansah, fügte er hinzu: „Aus dem . . ." Er zögerte, hielt das Wort Knast zurück, wollte sich mit dem feinen Pinkel von der Polizei nicht unnötig anlegen. „Aus dem Strafvollzug", sagte er, „kenne ich den auch nicht. Ob ich ihm früher mal begegnet bin, weiß ich nicht mehr."
„Dabei hat er sich doch wahrhaftig alle Mühe gegeben, mit Ihnen ins Gespräch zu kommen!"
„Nanu?"
Warkentin krümmte den Rücken, umschlang die angezogenen Beine und lächelte. „Der wirft mir wohl auch vor, ein ungeselliger Typ zu sein?"
„Unter anderem."
Unter anderem, dachte er beunruhigt. Was gibt es denn noch? Warkentin lächelte. Nun laß schon die Katze aus dem Sack!
„Er ist bestohlen worden", sagte Simosch, „Samstagnacht in der letzten S-Bahn zwischen S. und O. Bevor er einstieg, hat er versucht, mit Ihnen ins Gespräch zu kommen, aber Sie sind ihm ausgewichen."

„Um mit mir zu sprechen“, entgegnete Warkentin, „hätte er hierher kommen müssen. Ich war am Wochenende zu Hause. Stadtfahrt kommt vorläufig nicht in Frage. Ich schätze, das wissen Sie.“
„Zwei Jahre, fünf Monate“, erwiderte Simosch, „wegen Diebstahl. Das weiß ich auch. Anfangs etliche Querelen im Strafvollzug, dann auffallend gute Führung und auf Bewährung entlassen.“
„Mit der Rückfahrkarte. Aber ich mache keinen Gebrauch davon. Ich nicht. Darauf können Sie sich verlassen.“
„Wir werden noch weitere Zeugen finden, die Sie gesehen haben.“
„Sie werden keinen finden, der sich nicht geirrt hätte.“
Warkentin straffte den Rücken, streckte die Beine, beschrieb mit den Armen eine Geste, die das kleine feuchte Zimmer umschloß. „Bitte, suchen Sie nach allem, was der Mann vermißt.“
„Das ist nicht meine Aufgabe“, erwiderte Simosch, steckte das Foto ein und reichte dem Jungen Annegret Baumanns Konterfei.
„So was habe ich schon als Kind gehaßt“, sagte Warkentin, „Besuch, der eine Kollektion Fotos mitbringt.“
„Möglicherweise gefällt Ihnen dieses hier. Sehen Sie sich's in aller Ruhe an.“
„Annegret Baumann“, sagte Warkentin, „sie ist tot.“
„Woher wissen Sie das?“
„Frau Meinert konnte wohl noch nie was für sich behalten.“
„Und woher weiß sie es?“
„Buschfunk. Annegret Baumann hat im Nachbardorf gewohnt.“
Simosch stand auf, war mit zwei Schritten am Fenster. Die Apfelblüten sahen im Abendlicht unwirklich hell und zart aus. In der Ferne versank der Wald im Dunkel.
Ohne sich dem Jungen zuzuwenden, sagte Simosch: „Ja, sie ist tot. Ermordet. Brutal. Viehisch. An die vierzig Messerstiche. Ich suche ihren Mörder.“
Er stützte sich mit der flachen Hand an der Wand ab. Die Wand fühlte sich feucht an. Er zog die Hand zurück, wandte

sich um und lief durchs Zimmer. Vier Schritte, die nächste feuchte Wand.

Er sagte: „Kein Wunder, wenn man hier ausbricht."

„Ich brech nicht aus. Ich kann warten."

Simosch überhörte das. Er stellte sich vor den Jungen, der jetzt mit untergeschlagenen Beinen auf seinem Lager saß.

„Erzählen Sie mir alles, lückenlos alles, was Sie Samstagnacht getan, gesehen, gehört, bemerkt haben."

Er trat wieder ans Fenster, wandte Warkentin den Rücken zu.

„Ich bin früh schlafen gegangen . . ."

„Warum? Weil Ihre Freundin nicht gekommen ist?"

„Auch weil ich müde war. Aber nach ein paar Stunden bin ich mit Kopfweh wieder wach geworden . . ."

„Das Märchen vom Milchwärmen können Sie sich sparen", sagte Simosch. „Sie hatten keine Milch. Übrigens würde mich das auch verrückt machen, wenn mir fremde Leute in die Töpfe gucken."

„Mich macht nichts verrückt. Frau Meinert ist eben so. Deshalb ist's hier noch besser als im Knast."

Das Wort war ihm herausgerutscht, doch Simosch erwiderte nichts, stand am Fenster und beobachtete, wie die Nacht heranschlich.

„Es war keine Milch. Ich habe mir einen Grog gebraut."

„Sie sind in die Stadt gefahren", sagte der Hauptmann, „um zu sehen, was mit Ihrer Freundin los ist."

Selbst wenn er bei Kerstin war, dachte Warkentin, kann er nichts wissen. Kerstin wartet nicht monatelang auf mich, um mich dann zu verpfeifen. Aber dieser Hauptmann ist clever. Vielleicht hat er sie reingelegt. Nein, Kerstin läßt sich nicht reinlegen, wenn es um uns geht. Ich muß ihr vertrauen.

„Ich bin nicht in der Stadt gewesen, und ich werde nicht in die Stadt fahren, bis meine Bewährungszeit um ist."

Simosch kam zum Tisch und setzte sich dem Jungen gegenüber. „Hören Sie, Christian", ein Ton, in dem man Freunden Kummer anvertraut. „Mich interessiert nicht, ob Sie ein einziges Mal die Auflage verletzt haben, die man Ihnen erteilt hat. Sowas muß ja nicht breitgetreten werden. Mich interessiert

nicht mal, ob Sie in der Bahn einen Betrunkenen erleichtert haben, mich interessiert einzig Annegret Baumanns Mörder. Sie waren nicht betrunken, Sie haben alles um sich herum wahrgenommen. Wenn mir einer helfen kann, dann sind Sie das."
Warkentin wiederholte, er sei nicht in der Stadt gewesen, sagte es barsch und abweisend.
„Im Strafvollzug habe ich alles getan, um herauszukommen, und jetzt werde ich alles tun, um da nicht wieder hin zu müssen."
Simosch warf ihm einen nachdenklichen Blick zu, dachte, daß er diesen Warkentin womöglich falsch eingeschätzt hatte.
„Wie gut kannten Sie Annegret?"
„Wie man ein Mädchen so kennt, das im Haus eines Kumpels wohnt und das man ab und zu mit einem tipptopp erzogenen Dobermann auf der Straße trifft. Zu meinem Freundeskreis hat sie nie gehört."
„Das glaube ich Ihnen aufs Wort. Durch Annegret wäre dieser Kreis viel früher aufgeflogen."
„Stimmt. Sie hatte so was phantastisch Ehrliches an sich. Aber wir sind auch so aufgeflogen. – Wenn ich jetzt an den ganzen Blödsinn denke, verstehe ich mich selbst nicht mehr."
Er ist bis zum Äußersten entschlossen, dachte der Hauptmann, seine Chance nicht zu vergeben. Was ist das Äußerste? Wie hätte er reagiert, wenn er Annegret Baumann in der S-Bahn begegnet wäre?
Hauptmann Simosch ging zur Tür.
„Da Sie mir nicht helfen wollen", sagte er, „war das alles. – Für heute."
„Sie können kommen, so oft Sie wollen. Sie werden nur feststellen, daß ich meine Bewährung durchstehe. Ich will nicht zurück."
„Ich weiß", sagte Simosch, „und dafür würden Sie alles tun. Einfach alles."

9. Gegen vierundzwanzig Uhr löste sich eine Gestalt vom Hauseingang und erforschte den Verkehr auf der Hauptstraße. Mitternachtsstille. Die Gestalt, hochgewachsen und hager, verharrte ein Weilchen, als überlege sie, was zu tun sei. Wenige Häuser vor ihr, Richtung S-Bahn Endstation, flog die Tür zur Gaststätte *Späte Einkehr* auf und warf ein Band von Licht in die nächtliche Dunkelheit. Die Gäste, die herausdrängten, überquerten den Vorplatz, der das Haus vom Bürgersteig trennte.

Der Hagere lief los, torkelte, ruderte mit den langen Armen, um das Gleichgewicht zu halten.

Inzwischen hatte die kleine Gruppe die Straße erreicht. Umarmungen, Küsse. Beteuerungen, es sei eine wunderschöne Feier gewesen. Dann liefen die einen zur S-Bahn, die anderen in entgegengesetzter Richtung, direkt auf den Mann zu, der auf der Straße umhertorkelte. Jemand rempelte ihn ungewollt an.

„Pardon", sagte er mit alkoholschwerer Stimme. „Finster war's, der Mond schien helle ... Bitte um Pardon. Wollense etwa zum Lumpensammler?"

„Genau."

„Dann legen Sie mal 'n Zahn zu."

„O je", sagte der Hagere erschrocken, verhielt den Schritt, visierte in der Ferne ein nur ihm sichtbares Ziel an und schoß darauf zu. „Halt! Halt!" schrie er. „Ich komme noch!" Er lief auch an der Gruppe vorbei, die das Gasthaus hinter sich gelassen hatte, die über ihn lachte und witzelte, besonders, als sie ihn an der Sperre wieder einholten. Erregt und ärgerlich schwenkte er die Brieftasche und rief mit schwerer Zunge: „Karten kaufen! Wo denn, zum Donnerwetter!"

„Doch nicht um die Zeit", sagte eine Frau, „wo kommen Sie denn her?"

„Scheißservice." Der Hagere fingerte in seiner Brieftasche herum, die prall gefüllt und aus gutem Leder war. „Kleingeld", sagte er, „find keins. Und 'ne Beleuchtung ist das hier! Fast wie in 'ner Großstadt."

„Wenn de mit de Öffentlichen fahren willst", belehrte ihn jemand, „mußte immer kleine Pinke in de Hosentasche haben.

Sonst biste angeschmiert. Nu schieb mal weiter, sonst kannste bloß noch 's Taschentuch ziehn und winken."
Doch der Hagere lehnte am Entwerter, zog einen Zehnmarkschein aus einem Bündel Banknoten, stopfte ihn in die Öffnung, die für Kleingeld gedacht war, sagte: „Denen werd ich's zeigen!" und zog sich eine Karte.
Die wenigen Fahrgäste auf dem Bahnsteig waren aufmerksam geworden. Ein junger Mann sagte: „Bloß daß Sie 'n Blödmann sind, haben Sie gezeigt."
„Einen Zehner für einen Fahrschein", meinte eine Frau empört, „mit ehrlicher Arbeit verdienen Sie Ihr Geld wohl nicht."
Ihr Mann packte sie am Arm und zog sie ins Abteil.
„Du redest wieder zu viel. Was weißt denn du, wer das ist?"
Die Gruppe aus der Gaststätte drängte ebenfalls durch die Wagentür.
„Nu schimpfense mal nich mits Frauchen", sagte der Mann, der an der Sperre schon Ratschläge erteilt hatte, „das is'n ganz einfacher Furz wie wir alle, bloß dreimal so besoffen."
Der Hagere, über den sie sprachen, wankte an ihrem Abteil vorbei.
„Der und ein Einfacher?" fragte die Frau gereizt, „der hat sich im Ex eingekleidet vom schiefsitzenden Binder bis zur verrutschten Socke."
Mit unsicheren Bewegungen versuchte der Hagere eben, die Brieftasche in die Innenseite seines Jacketts zu stopfen, als ein Bahnpolizist auf ihn zutrat und leise fragte: „Genosse Leutnant, kann ich Ihnen irgendwie behilflich sein?"
„Sehr sogar", zischelte der Hagere, „kennen Sie mich nicht und verschwinden Sie."
„Nach O. bitte einsteigen!" Eine müde Stimme aus einem knarrenden Lautsprecher.
Der Bahnpolizist murmelte kopfschüttelnd „Verzeihung", was außer ihm niemand hörte und trat schnell zurück. Olbricht wankte ins Abteil.
Als letzter sprang ein junger Mann mit fahlblondem Haar und Brille in die Bahn. Er hatte bis dahin am Gebäude der Auf-

sicht gelehnt und die Fahrgäste so eingehend gemustert, als vermute er einen alten Bekannten unter ihnen.
Als der Zug anruckte, sagte Olbricht: „Hoppla“, und ließ sich auf den nächsten Sitz fallen. Im Wagen war es still, er glaubte allein zu sein, wollte das aber genau wissen und schlenderte von Abteil zu Abteil. Plötzlich hörte er jemanden atmen, tief und regelmäßig. Er fand ihn im letzten Abteil des Wagens lässig in der Ecke sitzend, graustoppelig, in einen zerschlissenen grünen Lodenmantel gehüllt. Schielewipp.
Leutnant Olbricht starrte ihn an. Es muß Schielewipp sein, dachte er, so hat ihn der Aufsichter von O. beschrieben. Wenn er so nett wäre, mal aufzuwachen, und mir zu zeigen, ob sein rechtes Auge den besagten Blick nach außen hat . . .
Was mache ich nun? Ich zieh aus, um einen Zupper zu angeln und fange Schielewipp! Er setzte sich ihm gegenüber, grübelte. Was sprang dabei heraus, wenn er ihn festnahm? Konnte er ihnen nützlich sein? Die Zupper beobachten ihre Umgebung am besten, hatte Simosch gesagt und gefordert, ihm einen Zupper zu bringen. Also konnte er nicht mit einem Penner anmarschiert kommen.
Die Bahn hielt, ein Pärchen stieg ein und setzte sich engumschlungen ins Nebenabteil.
Trotzdem, dachte Olbricht, wäre es interessant zu wissen, weshalb Schielewipp in jener Nacht in O. nicht mehr im Zug gewesen ist. Er könnte schon etwas wissen.
Der Leutnant zögerte noch ein Weilchen, verließ schließlich seinen Platz, ging vorbei an dem Pärchen, das von ihm ebensoviel Notiz nahm wie der schlafende Schielewipp und verzog sich wieder in das Abteil am anderen Wagenende. Dort holte er einen angebrochenen Flachmann aus der Hosentasche, schraubte auf, goß sich vom Inhalt ein wenig auf Hals und Hemdkragen, verbarg die Flasche wieder und setzte sich lässig, so, wie er es bei Schielewipp gesehen hatte, in die Ecke. Sein Jackett war offen, der Binder saß schief. Diesmal, Simosch, wärst du zufrieden mit mir, dachte er, dann hielt die Bahn wieder.
Niemand betrat sein Abteil. Das Warnsignal ertönte. Im Ne-

benwagen surrten die Türen zu. Wieder raste der Zug durch die Nacht.
Was blieb, wenn sich keiner in der Falle verfing? Olbricht grübelte. Mehrmals konnte er diese Nummer nicht durchziehen. Wenn nicht er, dann ein anderer, aber sie müßten ihn bald fassen.
An der nächsten Station gab's eine Keilerei. Zwei gegen einen. Der blutete schon, wehrte sich verbissen, rief seinem Mädchen etwas zu. Die schwang ihre Handtasche, knallte sie einem der Angreifer ins Gesicht. Ein Bahnpolizist kam angelaufen.
Olbricht rückte vom Fenster ab. Bloß nicht wieder erkannt werden! Die Tür wurde aufgezogen, zwei Männer, Mitte dreißig, schätzte Olbricht, stiegen ein, und der eine von ihnen sagte: „Guten Abend."
Olbricht schnarchte leise.
„Der hat seinen guten Abend schon hinter sich. Komm weiter, ich kann diesen penetranten Kneipengeruch nicht ausstehen."
Sie ließen sich im Nebenabteil nieder.
„Der Kerl, zu dem sie geht, wohnt dort drüben. Siehst du ihren Wagen ..."
„Nein", sagte der andere, „da müßte erst mal jemand die Fenster putzen."
„Ach Scheiße! Wenn Sie mal nichts von der Welt sehen wollen, fahren Sie mit der S-Bahn!"
Der andere sprach beruhigend auf ihn ein.
Das ist wohl heute nicht meine Nacht, dachte Olbricht. Wenn sich nichts mehr tut, greife ich mir wenigstens Schielewipp. Warum soll sich denn nichts mehr tun? Es sind sechsundzwanzig Stationen ...
Die beiden aus dem Nebenabteil fuhren nur eine kurze Strecke. Olbricht blinzelte ihnen nach. Kurz vor dem Warnsignal schlüpfte noch jemand durch die Tür. Fahlblondes Haar, Brille. Der war schon einmal in letzter Sekunde aufgesprungen!
Olbrichts Kopf sank nach vorn, als der Zug anruckte. Er schreckte hoch, lehnte sich bequem in die Ecke und bald atmete er tief und ruhig. Im hinteren Teil des Wagens kicherte

das Pärchen. Der Blonde hielt sich noch im Abteil auf. Olbricht spürte seine Nähe. Die Strecke bis zur nächsten Station war kurz. Gleich würde der Zug wieder halten.
Eine sanfte Berührung. Die konnte ungewollt sein. Der Griff nach der Brieftasche in seinem offenen Jackett aber war gezielt. Und gekonnt.
Olbricht packte zu, riß die Hand mit der Brieftasche hoch. Ehe der Junge zum Schlag ausholen konnte, hatte Olbricht ihn umklammert. Das war auch gekonnt.
„Ich bin kein Selbstbedienungsladen, sondern Leutnant der Kriminalpolizei. Bleibe friedlich, dann lasse ich dir wieder ein bißchen Spielraum."
Der Junge zitterte, war zu überrascht, um sofort sprechen zu können. Leutnant Olbricht nahm ihm die Brieftasche ab und den Beutel, den er auf die Bank gelegt hatte.
„Hat sich ja gelohnt heute."
„Was heißt heute? Das ist das erstemal, daß ich so was probiere . . ."
Seine Stimme klang schrill und zittrig.
„Und gleich so geschickte Fingerchen! Ich würde dir ja gern glauben, daß du ein Naturtalent bist, aber wir haben dich schon lange auf dem Kieker. Und wir haben Leute, die dich wiedererkennen."
„Ach nee? Die haben mich wohl im Traum gesehen."
„Dumm bist du nicht. Also, ich geb zu, wie oft du auch unterwegs warst, beweisen können wir dir leider nur zwei deiner Fischzüge: den heutigen und den von Samstagnacht. Der frischgebackene Vater, dem du Geld, Spielsachen und einen goldenen Ring abgenommen hast, der hat dich erkannt, ehe du zur Tür raus bist. Wenn du weiter nichts zugeben willst, werden wir uns ziemlich abstrampeln müssen, dich für die übrigen Diebereien verantwortlich zu machen, die noch in der S-Bahn vorgekommen sind. Aber ein kluges Kerlchen wie du sollte nicht abstreiten, was wir ihm glatt beweisen können."
Hoffentlich schluckt er's, dachte Olbricht.
„Sie vertun bloß Ihre Zeit, wenn Sie mir nicht glauben", sagte

der Junge jetzt mit fester Stimme und einem treuherzigen Blick. „Es waren wirklich nur die beiden Male . . ."
Leutnant Olbricht atmete auf.

Der Junge hieß Oliver Pfau, war zwanzig Jahre alt und stammte aus einer Arbeiterfamilie mit drei Kindern, die in der Nachbarschaft als integer galt. Bis auf Oliver. Der kehrte nach der achten Klasse der Schule den Rücken, schloß einen Lehrvertrag ab und ließ es dabei bewenden. Die Gesellschaft von Dieben und Einbrechern sagte ihm mehr zu. Er brachte es in diesem Gewerbe zu gewissen Erfolgen, bis ihn in einem scheinbar unbewohnten Landhaus ein Hund anfiel. Es war ein ausgedienter Polizeihund, der das Stellen von Einbrechern und flüchtenden Personen noch nicht verlernt hatte. Seit einigen Wochen lebte Oliver Pfau wieder auf freiem Fuß und hatte sich nun auf nächtliche Diebstähle in der S-Bahn spezialisiert.
Nichts von alledem wurde während seiner Vernehmung erwähnt. Simosch und Olbricht wiegten ihn in Sicherheit, daß sie ihm das Märchen von nur zwei Fehltritten abnahmen und befragten ihn ausschließlich nach der Nacht vom Samstag zum Sonntag. Er mühte sich, reuevoll und glaubhaft zu wirken. Nur, daß es Leute von der Mordkommission waren, die ihn vernahmen, war ihm nicht geheuer. Er begnügte sich aber mit dem Hinweis, daß alles seine Richtigkeit habe und er Näheres bald erfahren würde.
Sein angeblich erster Versuch, in jener Samstagnacht Betrunkene um ihre Habe zu erleichtern, begann damit, daß er drei Wagen vergeblich nach einem Opfer durchforscht hatte. Dann hielt der Zug ungewöhnlich lange. Den Grund dafür bestätigte später der Triebwagenführer.

„Überwintern wir hier?" knurrte der Triebwagenführer. Nach einer Weile zog er die Tür auf und schaute hinaus. Nichts als eine öde nächtliche Station.
Oliver Pfau stieg aus, nutzte den Aufenthalt, um noch einmal den Wagen zu wechseln. Plötzlich sprang der Wagenführer

aus seiner Kabine und rannte zum Dienstraum, schlug mit der Faust gegen die Tür, riß sie auf.

„So gut möchte ich mal im Bett schlafen, wie du auf deinem Dienststuhl!"

Der Aufsichter schreckte hoch, murmelte „Vertretung" und „ungewohnt" und folgte dem Wagenführer.

Inzwischen war Oliver Pfau wieder unbemerkt in den Zug geschlüpft. Die Tür stand noch offen, und er hielt Ausschau, ob noch jemand zusteigen würde, den er ausnehmen oder der ihm gefährlich werden konnte.

Die Treppe zum Bahnsteig herunter sprang ein Mann, schlank, dunkelhaarig. In der Hand ein braunes Köfferchen. Er stolperte, richtete sich auf, blickte ungläubig zur S-Bahn und zum Wagenführer.

„Ja, glaub's nur, wir haben auf dich gewartet!"

Der verspätete Fahrgast grinste und stieg ein. Er war stocknüchtern und damit uninteressant für Oliver Pfau.

Hauptmann Simosch aber ließ sich diesen Mann mehrmals beschreiben.

Noch hatten sie André Rasch, den Freund des Mädchens, nicht sprechen können. Der Mitropakoch war Sonntagmorgen mit dem Panonia-Expreß nach Bulgarien gefahren und unterwegs erkrankt. Auf der Rückfahrt fieberte er so, daß man ihn in Budapest in ärztlicher Behandlung lassen mußte. Mit dem nächsten Expreß aber würde er zu Hause eintreffen.

Leutnant Olbricht hatte von Baumanns ein Foto von jenem André Rasch erhalten. Der Mann, den Oliver Pfau als verspäteten Fahrgast beschrieb, ähnelte diesem Abbild. Simosch legte es dem Jungen vor.

„Genau der war's", sagte Oliver Pfau, „da bin ich ganz sicher."

Simosch wollte sich diese Behauptung später noch vom Wagenführer bestätigen lassen. Jetzt forderte er von Oliver Pfau, er möge die Fortsetzung seiner nächtlichen Fahrt erzählen.

Endlich, einige Haltestellen weiter, hatte der Junge ein geeignetes Opfer entdeckt; der Mann, der lauthals verkündete, er

sei Vater geworden. Er taumelte ins nächstgelegene Abteil, und das befand sich in Olivers Wagen.
„Wer ist noch eingestiegen?“ fragte der Hauptmann gespannt, ob auch er den Jungen mit der Baskenmütze erwähnen würde, von dem Simosch annahm, daß es Christian Warkentin gewesen sei.
„Ein altes Ehepaar“, sagte Oliver, „und zwei Burschen, bißchen älter als ich.“
Lang und schlaksig der eine, der andere mit Baskenmütze.
„Würden Sie den wiedererkennen?“
„Kaum. Der hat mich ja nicht interessiert. Erst als ich ausgestiegen bin, kam mir so ’ne Idee. Der ist nämlich auch mit raus, aber nicht bis zum Ausgang. Bloß übergewechselt zum letzten Wagen. Vielleicht hatte er dasselbe vor wie ich.“
Mit treuherzigem Blick, immer bemüht, den reuigen Sünder zu mimen, erzählte der Junge alles, was er Herrn Schurig abgenommen hatte. Simosch ließ ihn reden, fragte auch nicht nach dem Verbleib des Diebesgutes und nach Hehlern. Damit würden sich andere befassen.
„Nun erwarte ich ebenso exakte Angaben über Ihr zweites Opfer in jener Nacht.“
Erstaunen. Bestürzung. Es gab kein zweites Opfer.
Sein ganzes Monatsgehalt, soweit nicht in der Kneipe angezapft, sagte Simosch, habe der Mann bei sich gehabt. Ein lohnender Griff also. Übrigens vermisse er auch sein Messer.
Kein treuherziger Blick mehr, keine gespielte Bereitwilligkeit, auszusagen, nur noch Empörung und die Furcht, man könne ihm mehr anhängen, als er auf dem Kerbholz hatte.
„Sehen Sie, ich hatte doch Bammel vor dem, was nun passiert ist: daß mich der komische Zwillingsvater erkennt. Der machte nämlich die Augen auf und guckte mir genau ins Gesicht. Später dachte ich, der hat mich gar nicht mitgekriegt, aber damals in der Bahn, da war mir’s nicht geheuer. Ich bin raus und weg. Als der mit der Baskenmütze hinter mir her kam, hab ich sogar gedacht, daß ist ’n Greifer. So’n Schiß hab ich gehabt!“
Simosch legte Annegret Baumanns Foto auf den Tisch.

„Sind Sie in der S-Bahn diesem Mädchen begegnet?“
Er sah sich das Gesicht genau an.
„Das war so“, sagte Oliver Pfau, „Samstagnacht bin ich nicht wie neulich schon in S., sondern erst in der Stadt zugestiegen. Sie hat in dem Wagen gesessen, der direkt vor mir hielt. Ihr Gesicht war im Licht, als der Aufsichter zur Tür rauskam. Ein hübsches Gesicht. Aber ich war grade nicht hinter hübschen Gesichtern her. Nüchtern war sie garantiert auch, und sie hatte sowas Strenges im Blick. Zu der bin ich nicht rein, sondern zum nächsten Wagen gespurtet.“
„War sie allein im Abteil?“
„Sie hatte einen Kerl bei sich. Der saß ihr gegenüber, nach vorn gesunken, wie einer, der schläft.“
„Beschreiben sie ihn mal.“
„Der saß im Schatten, und es ging alles sehr schnell. Halblanges Haar hat er gehabt, so bis über die Ohren. – Ich schwöre Ihnen, ich habe wirklich bloß diesen Zwillingsvater ausgenommen! Keinen mit ’nem Monatsgehalt in der Tasche und den Schlafsack mit der Hübschen auch nicht.“
„Das Mädchen ist auch nicht bestohlen worden“, sagte Simosch, „sondern erstochen.“

10. *Christian Warkentin, Ranko Köpp, André Rasch.*
Hauptmann Simosch unterstrich den ersten Namen und setzte hinter *Ranko Köpp* ein zweites Ausrufezeichen. Der Zupper hatte Köpp das Messer nicht gestohlen. Wo also war Köpps Messer geblieben? Hatte er es selbst verschwinden lassen? Zusammen mit der Brieftasche, um unverdächtig zu erscheinen?
Simosch notierte eine vierte Person: Unbekannt. Flüchtig wahrgenommen von einem Zupper. Halblanges Haar. Halblanges Haar hatte Köpp auch. Und André Rasch. Zumindest auf dem Foto, das Simosch zur Verfügung stand.
Der Unbekannte konnte Köpp sein. Der Unbekannte konnte Rasch sein. Oder sonstwer. Nur Warkentin nicht. Dessen Markenzeichen war die Baskenmütze. Außerdem hatte Oliver

Pfau das Mädchen und den Unbekannten in der S-Bahn gesehen, bevor Warkentin zustieg. Aber eine Station später war der Junge fluchtartig aus dem Abteil gesprungen, um im letzten Wagen weiterzufahren. Warum? Wer hatte Annegret Baumann getötet? Der Unbekannte? Oder war der ausgestiegen und Warkentin ... Oder ...
Klopfen. „Ja“, sagte Simosch zerstreut, warf noch einen Blick auf den Namen André Rasch, versehen mit einem Fragezeichen. Vielleicht konnte er es bald streichen. Sie brachten ihn, endlich.
Mit ausgestreckter Hand kam André Rasch auf den Hauptmann zu. Groß, schlank, federnde Schritte, geschmeidige Bewegungen. Wer nicht wußte, daß er Koch war, konnte ihn für einen Tänzer halten. Er setzte sich auf den angebotenen Stuhl und schlug die Beine übereinander.
Gegen den Schreibtisch gelehnt, musterte Simosch das ebenmäßige Gesicht mit der scharfen Nase. Unter den dunklen Augen lagen noch die Schatten einer überstandenen fieberhaften Erkrankung. Die feinen, leicht geschwungenen Brauen hätten einer Frau gut angestanden, wirkten aber nicht weibisch an ihm. Er sah nur etwas blasiert aus.
Annegret Baumanns Freund, der Mann, mit dem sie ein ernsthaftes Wort sprechen wollte, was soviel hieß, wie ihm den Laufpaß geben. Was war an jenem Abend vorgefallen zwischen Annegret und ihm? Er fragte Rasch.
„Es ist so furchtbar“, sagte er mit dünner Stimme. „Ich habe es erst gestern erfahren, als ich zurückgekommen bin.“
„Erzählen Sie vom Samstag.“
„Ich habe sie nicht mehr gesehen. Die Tour nach Sofia ist ziemlich anstrengend, am Tag vorher ruhe ich aus, schlafe viel. Wir wollten uns gleich nach meiner Rückkehr treffen.“
Die erste Antwort eine Lüge. Und eine dumme dazu.
„Sie sind nicht unsichtbar“, sagte Simosch und nannte ihm die Gaststätte, in der er zusammen mit seiner Freundin von Ranko Köpp gesehen worden war. Unter vielen Fotos, die der Hauptmann ihm vorlegte, hatte Köpp das von André Rasch herausgezogen.

„Am Samstag? Das soll Samstag gewesen sein?“ Er zog die feinen, leicht geschwungenen Brauen hoch und zauberte Erstaunen auf sein Gesicht. „Nun, wenn Sie es sagen! Ich dachte, das sei länger her. Aber die lange Fahrt und meine Krankheit ...“
„Worum ging’s? Was haben Sie mit Fräulein Baumann besprochen?“
„Was haben wir ...“
Er wiederholte die Frage, langsam, nachdenklich. Ein alter Trick, um Zeit für die Antwort herauszuschlagen.
„Ja, überlegen Sie sich’s genau, ob Sie mich noch mal belügen wollen“, sagte Simosch.
Rasch lächelte beleidigt.
„Annegret war meine Freundin! Da waren Gefühle im Spiel, falls Sie wissen, was das ist. Und meine Gefühle sind in den letzten Stunden arg strapaziert worden. Ich bin ziemlich durcheinander.“ Er atmete schwer und verkrampfte die Hände. „Aber man liest es ja in jedem Kriminalroman, daß Sie von der harten Sorte sind ...“
„... und mehr wissen, als wir preisgeben, manchmal mit gezinkten Karten spielen, aber immer so gut, daß wir zuletzt erfahren, was wir wissen wollen. – Zwischen Annegret Baumann und Ihnen hat es an jenem Abend eine Auseinandersetzung gegeben.“
Raschs Blick war empört und wachsam. War das nun eine von den gezinkten Karten oder wußte der Hauptmann ...
„Man muß kein Gedankenleser sein, um zu merken, was in Ihrem Kopf vorgeht“, sagte Simosch verächtlich und setzte sich hinter seinen Schreibtisch.
„Keine Auseinandersetzung. Nein, das ist es nicht gewesen.“ Er sprach mit einem Hauch von Wehmut in der Stimme. „Wir mußten etwas klären. Das bedrückt mich natürlich schrecklich. Aber ich konnte doch nicht ahnen, daß alles so endet.“
„Was haben Sie geklärt?“
„Unser Verhältnis. Sehen Sie, ich bin oft unterwegs, und wenn ich nach Tagen von einer Tour zurückkomme, hat Annegret nicht immer Zeit für mich. Sie war so – gewissenhaft. Wenn ich sie mal überraschend im *Sporthaus* besucht habe, war ich

nichts als ihr Kunde. Kein privates Gespräch, auch nicht, wenn ihre Kolleginnen sagten, verzieh dich ein Weilchen. Hatte sie ihren Eltern versprochen, im Haus oder im Garten zu helfen, wurde das akkurat erledigt, und ich hatte das Nachsehen."

„Zuverlässig und gewissenhaft sein, das sind schätzenswerte Eigenschaften."

„Eben", erwiderte André Rasch gedankenvoll, „es waren seltsamerweise ihre guten Eigenschaften, die sie manchmal unsympathisch machten. – Dann waren da noch ihre Hunde. Für die hat sie sich mehr Zeit genommen als für mich."

„Sie hatten also den Eindruck, daß Fräulein Baumann Sie nicht liebt."

„Sie hat mich geliebt. Aber anders, als ich es brauche."

Das alles ist nicht erfunden, dachte Simosch. So ist es gewesen. So hat er es gefühlt. Aber es muß noch etwas dahinterstecken, denn Annegret mochte seinen Namen nicht mehr hören und wollte sich trennen von ihm.

„Und das alles haben Sie ihr am Samstagabend erzählt?"

Rasch nickte.

„Wie hat sie es denn aufgenommen?"

„Sie war traurig, aber gefaßt."

„Warum haben Sie ein solches Gespräch in einer unpersönlichen, zweitrangigen Gaststätte geführt und nicht in Baumanns Wohnung? Dort wären sie auch allein gewesen."

„Annegret wollte nicht."

„Das glaube ich Ihnen aufs Wort! Denn das Mädchen war es, Herr Rasch, das sich von Ihnen trennen wollte. Trennen auf schnelle, saubere, endgültige Weise, wie das nun mal ihre Art war. Was hat sie Ihnen vorgeworfen?"

„Nein! Das sehen Sie falsch."

„Sie wollte sich von Ihnen trennen. Sie hat mit ihrem Vater darüber gesprochen."

Rasch horchte auf wie ein Wachhund. „Worüber gesprochen?"

Simosch lächelte vieldeutig und ließ die Frage im Raum stehen, bis sie André Rasch angst machte. Ich bin nahe dran an der Sache, die er nicht preisgeben will, dachte Simosch, er ist

ganz kalkig vor Sorge, Annegret könnte ihrem Vater etwas verraten haben.
„Sie konnten nach Ihrer Rückkehr Baumanns noch nicht erreichen, nicht wahr?“
„Am Telefon hat sich niemand gemeldet. Vielleicht sind sie aufs Grundstück.“
„Falls Sie erst weitersprechen möchten, wenn Herr Baumann vor Ihnen steht, läßt sich das arrangieren.“
„Ja, Sie haben recht“, sagte er schnell, „Annegret wollte sich auch von mir trennen.“
„Zwei Liebende mit demselben Ziel. Wieviel Harmonie!“ Simosch schlug plötzlich mit der flachen Hand auf den Schreibtisch. „Ich will von Ihnen hören, warum das Mädchen Sie los sein wollte!“
Rasch warf den Kopf zurück. Seine Nasenflügel bebten. Er starrte die Decke an und sagte: „Meine Art zu leben und zu denken hat ihr mißfallen. Daß ich tagelang nicht da war, dann unvorangemeldet bei ihr aufgetaucht bin und nicht verstehen konnte, weshalb sie so nach der Schnur lebt.“
Er sprach langsam und lauernd, als rechne er jeden Augenblick damit, unterbrochen zu werden.
Simosch konnte ihn nicht unterbrechen, und das war der Fakt, der André Rasch wieder Sicherheit gab. Simosch fühlte, daß er ihm entglitt.
„Fräulein Baumann pflegte kurz und bündig ihre Meinung zu sagen und nicht stundenlang zu diskutieren. Worüber haben Sie sich noch bis Mitternacht unterhalten, bis Sie mit Annegret zur letzten Bahn gegangen sind?“
„Aber nein!“ Seine Hände entkrampften sich. Ruhig sah er Simosch an. „Wir haben uns vorher getrennt. Das wird man in der Gaststätte doch auch bemerkt haben. Annegret ist zuerst raus. Wohin sie gegangen ist, weiß ich nicht. Ich habe gezahlt und bin zur S-Bahn. Das ist nicht später als zweiundzwanzig Uhr gewesen.“
Wenn das stimmte, konnte er nicht der Mann gewesen sein, der die letzte Bahn nur deshalb erreicht hatte, weil der Aufsichter geschlafen und vier Minuten Verspätung verschuldet

hatte. Aber es mußte nicht so sein. André Rasch war ein hartnäckiger und famoser Lügner, und Simosch mußte es wohl auf eine Gegenüberstellung ankommen lassen: Rasch vor Oliver Pfau und dem Wagenführer, die ihn beide gesehen hatten.
„Ich werde Ihnen etwas ganz anderes nachweisen", sagte Simosch gelassen, Rasch spitzte wieder die Ohren. Doch der Hauptmann sprach nicht weiter.
„Sie glauben mir nicht", sagte Rasch nach einer Weile vorsichtig.
Auch darauf gab Simosch keine Antwort.
„Fräulein Baumann wollte Ihnen Ihr Buch zurückgeben. Alexis Sorbas", sagte er. „Aber als wir sie gefunden haben, hatte sie das Buch noch. War ihre Auseinandersetzung so heftig, daß sie nicht mehr an das Buch dachte oder haben Sie es ihr als Andenken gelassen?"
„Ich wußte nicht mal, daß sie es mitgebracht hatte." Und als Simosch wieder schwieg, fragte er nervös: „Aber warum sollte ich Sie denn belügen?"
„Weil Sie Annegret Baumann getötet haben. Vielleicht deshalb."

„Und was hab ich nun davon", jammerte Oliver Pfau, der in der S-Bahn versucht hatte, Leutnant Olbricht um seine Brieftasche zu erleichtern, „daß Sie mir glauben, ich hab so was bloß zweimal praktiziert? Die vom Eigentum wollen mir noch 'n ganzen Rattenschwanz Diebstähle in der S-Bahn anhängen."
„Überzeugen, überzeugen", riet Olbricht freundlich.
Er führte Oliver Pfau ins Kriminalistische Institut, erklärte ihm geduldig, was es mit einem subjektiven Täterporträt auf sich habe und hoffte, Oliver werde das Gesicht des Mannes, der mit Annegret Baumann in der S-Bahn gefahren war, wenigstens in groben Zügen entstehen lassen.
Verwirrt saß der Junge vor Katalogen und Schablonen mit rundlichen, kantigen, länglichen, ovalen Gesichtsformen; Nasen von Klassik bis Knolle; Lippen, schmal, aufgeworfen, herzförmig. Geduldig korrigierte der Kriminaltechniker das

entstehende Gesicht, wählte nach Oliver Pfaus Angaben längere Haare, eine kräftigere Nase und eine flachere Stirn.
Oliver Pfau faszinierte die Möglichkeit, ein einmal gesehenes Gesicht wiederentstehen zu lassen. Manchmal fluchte er leise, weil er sich nicht festlegen konnte. Der Eindruck war zu flüchtig gewesen. Doch er mühte sich, saß schließlich erschöpft da und fragte den Leutnant: „Was bringt mir denn das ein, daß ich mich hier so abschind?"
„Der Polizei zu helfen, kann nie verkehrt sein", erwiderte Olbricht.
„Ach, Sie mit Ihren Sprüchen!"
„Du bist ja wirklich bißchen blaß um die Nase. Komm, wir gehen einen Kaffee trinken."
Eine halbe Stunde später saß Oliver Pfau wieder über seiner Arbeit. Schließlich sagte er: „Genauer krieg ich's nicht hin."
Am folgenden Tag war das Gesicht in der Zeitung zu sehen. Die Bevölkerung wurde zur Mitarbeit aufgerufen. Dieser Mann, am Soundsovielten in der letzten S-Bahn zwischen S. und O. gesehen, wird gesucht im Zusammenhang mit dem Mord an Annegret Baumann. Zweckdienliche Hinweise an das Präsidium der Volkspolizei oder jede andere Polizeidienststelle.
Bevor die Flut der zweckdienlichen Hinweise seinen Schreibtisch überschwemmte, saß Simosch, den Kopf in beide Hände gestützt, vor dem vagen Abbild des Mannes, den Oliver Pfau mit Annegret Baumann in der S-Bahn gesehen hatte. Wer war dieser Mann? Wo war er? Hatte er das Mädchen getötet? Wenn ihn keine Schuld traf, warum hatte er sich nicht längst gemeldet? Sie hatten sich alle nicht gemeldet, die Fahrgäste der letzten S-Bahn.
Simosch legte sein Notizbuch neben das Abbild. War das Ranko Köpp? Die große Nase, das halblange Haar. Köpp wäre ein Beziehungstäter gewesen. Das Mädchen hatte ihn für eine unrechte Handlung bestrafen lassen. *Ihre guten Eigenschaften waren es, die sie manchmal unsympathisch machten,* sagte ihr Freund Rasch.

Mit etwas Phantasie konnte man in diesem Abbild auch André Rasch erkennen. Das halblange Haar, die Nase, nein, die nicht, dachte Simosch. Vielleicht noch der Gesichtsschnitt. Aber Rasch kann es nicht sein, der ist später gekommen. Was nicht ausschließt, daß er seine Freundin umgebracht hat. Niemand weiß, wann der Unbekannte ausgestiegen und wer nach ihm in Annegrets Abteil gewesen ist. André Rasch als Beziehungstäter? Möglich. Nur mußte man noch herausfinden, was da für eine üble Geschichte zwischen ihm und Annegret gewesen war und wo er sich aufgehalten hatte zwischen zweiundzwanzig Uhr und Mitternacht. Christian Warkentin, der Junge, der alles riskierte, um nicht wieder hinter Gitter zu müssen, auch er kam als Beziehungstäter in Frage. Simosch war sicher, daß er zu seiner Freundin gefahren war. Morgen würde er, Simosch, das Mädchen aufsuchen.

Der Nachtdienst kam, löste Simosch ab. Er packte seine Tasche, fuhr hinunter zur Garage. Der Wagen war wieder in Ordnung. In der Stadt kam er nur langsam voran. Rot schon an der ersten Kreuzung. Unter den Fußgängern zwei mit halblangem Haar. Auf der Nebenspur bremste ein Taxi. Der Fahrgast saß vornüber gebeugt, das Haar bis über die Ohren. Simoschs Hand tastete nach der Schläfe, zum Hinterkopf. Wenn er nicht bald zum Friseur ging, würde er selbst dem Gesuchten ähneln.

Zu Hause erinnerte ihn Christina an ihr Opern-Abonnement. Wann? In der kommenden Woche. Sie lachte ihr offenherziges lachen, das Simosch so liebte. Kein Drama, sagte sie, wenn er an jenem Abend zu seinem *Fall* müsse. Derartige Zwischenfälle seien nicht das Privileg der Kriminalisten. Gesundheitswesen, Dienstleistungen, Schichtarbeiter hielten da fleißig mit. Vielleicht, meinte Simosch, brächte ihn Opernmusik auf einen brauchbaren Einfall. Man werde sehen.

Christina schlief längst, als Simosch noch immer wach und grübelnd lag. Draußen fuhr eine S-Bahn vorbei. Sonst störte ihn das nicht, heute dröhnte sie ihm überlaut. Er stand auf, tastete sich leise, um seine Frau nicht zu wecken, ins Bad, zum Medizinschränkchen. Er drückte eine Radedorm aus der Folie,

schluckte, trank Wasser nach und schlich zurück ins Bett. Christina atmete tief und regelmäßig. Sie mochte nicht, daß er Tabletten nahm, fürchtete, er könne sich daran gewöhnen. Doch Simosch dachte, besser so, als schlaflos liegen.
Sobald er Annegret Baumanns Mörder hatte, würde er ein paar Tage ausspannen. Die Gegenbahn kam, fuhr in Richtung O. Die letzte für diese Nacht. Jetzt würde Ruhe sein. Nachtzug: Transportmittel, Schlafstätte, Eldorado für Taschendiebe, Gelegenheit für einen Mord . . .

Über der Stadt platzte eine graue Regenwolke. Der Scheibenwischer von Simoschs Škoda fegte die Wassermassen seitwärts, kriegte aber die Scheibe nicht klar. Simosch fuhr langsam, bog vorsichtig in eine Seitenstraße ein. Vor dem Haus, in dem Kerstin Rieger wohnte, war der Gully verstopft, und der Wind peitschte dünne Wellen gegen den Bordstein.
Kerstin Rieger kam im Morgenmantel zur Tür, einen Schal um den Hals. Sie hustete. Rötliches Haar hing ihr strähnig in die Stirn.
„Entschuldigung“, sagte sie, als Simosch sich vorgestellt hatte, „daß ich nicht besuchsfein bin.“
Sie führte ihn in ein Zimmer, in dem es nach Pulmotin roch, legte sich auf die Couch und zog die Decke bis zum Kinn. Simosch nahm im Sessel Platz. Zwischen ihm und dem Mädchen stand ein flacher Tisch, darauf ein Tablett: Teekanne, Glas, Löffel, Zitrone, Mebacid und Hustensaft.
„Tut mir leid“, sagte Simosch.
Sie schüttelte den Kopf. „Geht doch aufwärts. Ich komme schon bis zur Küche und kann mir Tee kochen.“
„Gibt es niemanden, der sich um Sie kümmert?“
„Wem bleibt denn heutzutage neben der Arbeit noch Zeit, um Samariter zu spielen?“ sagte sie. „Die Nachbarkinder sind nette Bengels, aber ihre Mutter hat angst, daß sie sich anstekken. Manchmal hängt sie mir einen Beutel mit Zwieback und Äpfeln an die Tür. Also, ich komme zurecht.“
„Und Ihr Freund kann Ihnen auch nicht behilflich sein?“
„Das ist nicht seine Schuld.“

„Aber am Samstagabend hat er Sie besucht", sagte Simosch.
„Er kommt vorläufig nicht in die Stadt."
Der Husten schüttelte sie. Als es ihr besser ging, träufelte sie Hustensaft auf den Löffel, schob ihn in den Mund, verzog das Gesicht und schluckte.
„Ich weiß, daß er bei Ihnen gewesen ist."
„Sie wissen nichts", erwiderte sie abweisend.
„Dann helfen Sie mir."
Sie wickelte sich in die Decke, als schütze sie das vor Simoschs Forderung. Sie schloß die Augen.
„Warkentin war in der letzten S-Bahn, in der ein Mädchen getötet wurde. Ich brauche ihn."
„Sie brauchen also einen Mörder", sagte sie.
„Ich muß ihn finden, und dazu brauche ich Hilfe."
Die Decke straff um den Leib gewickelt, setzte sie sich auf. „Sie sind hier an der falschen Adresse. Christian war nicht in der Stadt und nicht in der Bahn. Sie denken, weil er gesessen hat, muß er immer wieder krumme Dinger drehen. Sie lassen ihn auf Bewährung laufen – aber wo bleibt die Chance, daß er sich bewähren kann? Ich denke, das kann man nur unter Menschen, mitten im Leben, dort, wo man auch gestrauchelt ist. Christian lebt isoliert. In einem Rattenloch. Ständig beäugt von der Wirtin. Durch ihn kann sie noch einmal auf sich aufmerksam machen, sich wichtig tun. Und dazu läßt sie garantiert keine Gelegenheit aus. Christian darf abends nicht in die Gaststätte, wo sie sitzen und saufen, aber auch über ihre Arbeit und ihre Ansichten reden. Er darf sich nicht mit Kumpels treffen. Er muß unterschreiben, daß er sich zum ersten Mai von bestimmten Plätzen und Jugendlichen fernhält. Er darf sich nur in einem bestimmten Umkreis bewegen, und jeder kann ihm in seine Angelegenheiten reinreden. Arbeit und Dachkammer. Was ist denn das für eine Lebensqualität? Aber der Christian steht's durch, das sage ich Ihnen. Der ist nicht kriminell veranlagt. Der ist nicht mal labil, wie viele, die raus und mit dem Leben nicht klar und wieder rein kommen. Der Junge weiß, was er will. Und wenn's anders wäre, wäre ich nicht seine Freundin, das lassen Sie sich gesagt sein." Sie

setzte sich auf und hustete, doch ehe Simosch etwas entgegnen konnte, sprach sie weiter. „Die Einbrüche, das waren Mutproben. Und Christian war mutig! Leider an der falschen Stelle. Das ist vorbei. Jetzt hat er den Mut, neu anzufangen. Denn jetzt hat er mich."

Sie war erschöpft und ließ sich in die Kissen sinken. Eine Weile schwiegen sie, lauschten dem Regen, der gegen das Fenster trommelte.

„Ich war bei ihm", sagte Simosch schließlich. „Ich kenne die Verhältnisse, in denen er lebt und habe gespürt, daß er von einem Kraftquell zehrt. Nun weiß ich, daß Sie das sind. Sie sind seine Stärke – und sein Schwachpunkt. Als er ohne Besuch und ohne Nachricht von Ihnen geblieben ist, hat er sich heimlich auf den Weg gemacht. Alles wäre glatt gegangen, aber da ist in der Bahn die Sache mit Annegret Baumann passiert, und wir sind hinter allen her, die in der S-Bahn waren. Wir haben einen Wink gekriegt und uns für Christian Warkentin interessiert. Ich brauche ihn. Ich weiß, er war in der Bahn, und ich werde das auch noch beweisen, Sie könnten mir meine Arbeit erleichtern."

„Gar nichts kann ich", sagte sie abwehrend.

Ihre Lippen waren trocken, und sie fuhr mit der Zunge darüber. Simosch goß Tee ins Glas und reichte es ihr.

„Hören Sie, Fräulein Rieger", sagte er, „wenn einer seine Auflage ein einziges Mal verletzt, und dazu noch aus einem menschlich verständlichen Grund wie Ihr Freund, dann bringt ihn der Staatsanwalt nicht gleich hinter Gitter."

Sie trank den Tee, hustete schwach, sah Simosch in die Augen und erwiderte: „Hören Sie auch, was ich sage. Ein Christian Warkentin verletzt seine Auflagen nicht. Eher hängt er sich auf."

„Ja, den Ralf kennen wir", sagte Frau Bertram, „wir waren doch Jüttners Nachbarn. Armer Kerl."

„Wieso?" fragte Simosch.

„Die Mutter wollte ihn nicht. Ihre Ehe ging in die Brüche, da ist sie noch mal schwanger geworden. Später hat sie dann den

anderen geheiratet, der mag keine Kinder. Ralf ist in einer üblen Atmosphäre aufgewachsen, als ungeliebtes Kind der Mutter und vom Vater gehaßt. – Hat er was angestellt? Ein Wunder wär's nicht."
Simosch sagte, er käme nicht wegen Jüttner, sondern weil sie und ihr Mann am Samstag mit der letzten S-Bahn gefahren seien. Das eben habe er von Ralf Jüttner erfahren.
„Stimmt. Er stieg eine Haltestelle vor uns aus, und wir haben ihm zugewinkt."
Im Nebenzimmer wurden Kinderstimmen laut.
„Warum haben Sie sich nicht bei uns gemeldet?" fragte Simosch. „Sie lesen doch Zeitung?"
Die Frau blickte unruhig zur Tür, hinter der ein dünnes Stimmchen weinte.
„Deswegen", sagte sie, und wies zum anderen Zimmer hin. „Ja, wir haben Ihre Aufforderung gelesen. Aber wir sind beide berufstätig und haben drei Kinder. Nach der Arbeit hole ich die Kleine aus der Krippe, mein Mann die älteren vom Hort und Kindergarten ab. Wer weiß, wie lange man bei der Polizei warten muß! Dann kriegt man mit den Hortnerinnen wieder Ärger."
„Sie hätten abends kommen können."
„Mein Mann hatte diese Woche zweimal Versammlung und ich war zur Lehrerin bestellt. Unser Ältester macht Schwierigkeiten. Und irgendwann, wissen Sie, möchte man auch mal paar ruhige Stunden haben."
Die Tür wurde aufgerissen. Eine Schultasche flog hinein. Draußen rief jemand: „Verdammich noch mal, mußt du deine Latschen immer mitten in'n Weg stellen?"
„Papi, ich wollt doch bloß . . ."
Herr Bertram sah Besuch im Zimmer und rief: „Halt'n Mund jetzt!" Dann trat er zu seiner Frau.
Sie küßte ihn flüchtig auf die Wange. „Polizei ist da, weil wir uns nicht gemeldet haben. Wegen der letzten S-Bahn am Samstag."
„So?"
Unwillig streckte Bertram die Hand aus. Simosch sagte seinen

Spruch, wer er sei, weshalb er kam, fragte, wen sie außer Ralf Jüttner noch gesehen hatten.
„Wir waren mit Bekannten im Theater und sind mit denen zurückgefahren. Sie wohnen drei Häuser weiter. Beim Einsteigen habe ich noch einen Arbeitskollegen getroffen."
Simosch notierte Namen und Adressen und fing einen unsicheren, fragenden Blick auf, den das Ehepaar wechselte.
„Weiter bitte."
„Weiter weiß ich nichts", sagte der Mann, und das schlechte Gewissen stand ihm auf der Stirn. Er wandte sich an seine Frau. „Die KWV hat heut Sprechstunde. Ich geh schnell noch rüber."
Ein Nicken in Simoschs Richtung, und hinter Herrn Bertram schnappte die Tür ins Schloß.
„Sie wissen noch mehr", sagte Simosch streng. „Ich habe einen Mord aufzuklären, und Sie sind sich hoffentlich im klaren darüber, was es bedeutet, mir etwas vorzuenthalten."
Frau Bertram starrte auf die geschlossene Tür. Im Nebenzimmer kreischten die Kinder. Irgend etwas fiel krachend zu Boden. Lachen. Flüstern. Stille.
„Männer", sagte Frau Bertram übellaunig. „Verdrückt sich einfach. Aber wenn jemand erfährt, daß ich was gesagt habe, dann heißt's: Wie konnteste bloß! – Da ist eine im Ort, die hat ein Verhältnis in der Stadt. Außer ihrem Mann wissen das so ziemlich alle hier. Aber das ist wohl ihre Sache. Und die Polizei geht das überhaupt nichts an."
Simosch verabschiedete sich erst, als er den Namen der ungetreuen Gattin wußte.

11. Die Stadt wimmelte von Männern mit halblangem Haar. Der, den sie suchten, schien sich vertausendfacht zu haben. Seit sein Bild in den Zeitungen stand, hagelte es Hinweise auf Simoschs Schreibtisch. Anonym und mit Absender. Etliche mit der Anspielung auf eine Belohnung. Hunderte von Tips. Zur gleichen Stunde war der Gesuchte im Waren-

haus, auf der Rennbahn, in verschiedenen Gaststätten und Kinos gesehen worden. Tage vor und nach dem Mord war man ihm begegnet. Ein stadtbekannter Mann – aber unauffindbar. Simosch war sicher, die meisten Hinweise wurden mit der Überzeugung gegeben, man habe den Gesuchten wahrhaftig gesehen. Der Wunsch zu helfen, einen Mörder dingfest zu machen, bestimmte das Handeln derjenigen, die zur Polizei liefen oder einen Brief schrieben. Einige jedoch ließen sich von weniger edlen Motiven leiten, wie sich bei Nachprüfungen herausstellte. Um in Verruf zu bringen, sich für erlittene Unbill zu rächen, gab man jemanden als den Gesuchten an. Dem Mörder kam man nicht auf die Spur. Wo lag der Fehler?

Noch immer grübelte Simosch über vier Namen in seinem Notizbuch. Der vierte: Unbekannt. Köpp mit zwei Ausrufezeichen. Sie hatten die S-Bahn und die Bahnsteige, vor allem den in O., nach Köpps Messer und Brieftasche abgesucht. Gründlich. Da war keine verlorene Haarnadel übersehen worden. Köpps Eigentum fanden sie nicht. Simosch lud ihn noch einmal vor.

„Ein richtig schnieker junger Mann“, sagte Leutnant Olbricht, als er mit Köpp ins Zimmer trat.

Köpp war beim Friseur gewesen, präsentierte sich mit einem kurzen, modischen Haarschnitt. Hübscher sah er dadurch auch nicht aus.

„Lesen Sie Zeitung?“ fragte Simosch.

„Die Sportseite.“

Simosch legte ihm das aus Schablonen gefertigte Porträt vor.

„Haben Sie den Mann schon mal gesehen, dessen Bild in den Zeitungen steht?“

Ein kurzer, uninteressierter Blick.

„Den treffe ich täglich mehrmals.“

„Ja, das geht vielen so.“ Simosch seufzte. „Aber es wäre gut, wenn gerade Sie etwas genauer werden könnten.“

„Gut für wen?“

Olbricht war zum Fenster getreten und sagte scheinbar nebenher: „Sie haben uns erzählt, daß Sie einen Spiegel besitzen.“

In den kleinen, tiefliegenden Augen standen Wut und Auflehnung.
„Warum denn ich?“ rief Ranko Köpp. „Da müßten Tausende einen Schreck kriegen, weil irgendwas in ihrem Gesicht dieser unfertigen Visage ähnelt und weil ihnen die Haare schneller wachsen, als sie zum Friseur rennen können.“
„Tausende sind Samstagnacht wirklich nicht mit der letzten Bahn gefahren“, sagte der Hauptmann.
„Sie haben also einen Schreck gekriegt.“ Olbricht umrundete den Stuhl, auf dem Köpp saß und musterte ihn interessiert. „Und dann haben Sie sich Geld geborgt, weil Sie im Moment Ihre Brieftasche nicht finden, und sind mit dem geborgten Geld gleich zum Friseur gelaufen.“
„Vielleicht finde ich mich bloß hübscher so.“
„Sie hatten inzwischen Zeit, über jenen Abend nachzudenken. Fangen wir damit an, daß Sie Annegret Baumann mit ihrem Begleiter in der Gaststätte sahen und vor Wut auf das Mädchen das Weite gesucht haben . . .“
Simosch blätterte im Protokoll der ersten Vernehmung, stellte dieselben Fragen wie damals. Er erfuhr nichts Neues. Die gleichen Aussagen, die gleichen Erinnerungslücken. Und immer der schwer zurückgehaltene Zorn auf das Mädchen, das ihn vor die Konfliktkommission und an einen Arbeitsplatz gebracht hatte, den er nicht mochte.
„Was haben Sie denn nun gegen mich in der Hand?“
„Ihren Haß auf Annegret Baumann. Die Aussage Ihrer Kollegen, daß Sie zwar ein friedfertiger Mensch sind, im trunkenen Zustand aber wild werden können bis zur Raserei. Und das Mädchen ist von einem Rasenden getötet worden! Sie wußten schon, daß man sie erstochen hat, als das außer der Polizei und dem Mörder noch niemand wissen konnte. Außerdem können Sie uns nicht sagen, wo Ihr Messer geblieben ist. Das sind eine ganze Menge Indizien, Herr Köpp.“
„Reicht's, um mich hier einzuquartieren?“ fragte Köpp, und diesmal war sein Ton unverschämt.
Simosch unterschrieb den Passierschein. „Sie halten sich zu unserer Verfügung.“

Der Panonia-Expreß führte manches mit sich, was der Konsum nicht im Angebot hatte: Salami, Schinken, Juce, Budweiser. Waren, die sich leicht absetzen lassen und etwas einbringen.
Die Polizei wußte, daß abgesetzt wurde, und ermittelte. Sie ermittelte auch gegen den Mitropa-Koch André Rasch. Als Hauptmann Simosch, der Rasch überprüfen ließ, mit ihnen sprach, konnten sie schon Ergebnisse nennen.
Simosch schickte dem Mitropa-Koch eine Vorladung für das Präsidium. Rasch tänzelte ins Zimmer, schlug wieder die langen Beine übereinander, als er Platz genommen hatte, und schaute den Hauptmann erwartungsvoll an. Die dunklen Ringe unter seinen Augen waren verschwunden. Er war gesundet.
Auch zu ihm sagte Simosch, er habe Zeit gehabt, alles noch einmal zu überdenken, und man werde heute in der Angelegenheit Rasch–Baumann einen entscheidenden Schritt vorankommen, wenn nicht gar die Sache klären können. Rasch lächelte vorsichtig und sagte, das sei ganz in seinem Sinne. Simosch wiederholte die Fragen der ersten Vernehmung, und Rasch wiederholte seine Antworten. Wieder bestritt er, mit der letzten Bahn gefahren zu sein.
„Damit wollen wir uns nicht aufhalten“, sagte Simosch und führte ihn den Gang entlang in ein Zimmer, in dem fünf Kriminalisten in Zivil warteten, alle ungefähr von Raschs Größe und so rank und schlank wie er.
„Los geht's“, sagte Simosch, und sie stellten sich in Reihe. „Einen Ehrenplatz für unseren Gast.“
André Rasch stand als Dritter von links.
Auf Simoschs Wink hin, führte Leutnant Olbricht Oliver Pfau herein. Der Junge, der noch in Untersuchungshaft wegen diverser Diebstähle in der S-Bahn saß, freute sich jedesmal, wenn Olbricht kam, obwohl er es war, der ihn geschnappt hatte. „Wenn Sie auftauchen“, sagte Oliver, „weiß ich, für mich ist Tapetenwechsel drin.“ Er hatte es auch jetzt nicht eilig, zurück in seine Zelle zu kommen, stolzierte vor den sechs Männern, sah sich jeden von ihnen gründlich an. Dann ging

er langsam zur Tür, wandte sich noch einmal um, nickte und verließ das Zimmer.
„Der Dritte von links", sagte er zu Simosch. „Sie sollten mich zum Hilfssheriff ernennen, so wie ich Ihnen helfen tu."
„Sei nicht unbescheiden, Oli", mahnte der Leutnant und faßte ihn am Arm. „Komm, wir spazieren jetzt zurück. Wir gehen auch schön langsam."
„Habe ich mir nicht wenigstens 'n Kaffee verdient . . .?"
Hauptmann Simosch holte den Wagenführer aus dem Warteraum und gab ihm die nötigen Anweisungen. Er blieb nur kurz im Zimmer, streifte die sechs Männer mit einem Blick und ging wieder hinaus.
„Der Dritte von links", sagte er.
„Sind Sie ganz sicher?"
„Ich bin sicher. Der hat so ein Gesicht . . . Ich meine, der könnte auch Schauspieler sein."
„Vielleicht", erwiderte Simosch, „wenn er nicht gerade Charakterrollen spielen muß."
Diesmal betrat André Rasch das Zimmer steifbeinig. Sein Gesicht war verschlossen, und zwischen den feinen Augenbrauen nistete eine Sorgenfalte.
„Sie sind von zwei Personen identifiziert worden", sagte Simosch, „für das Gericht Beweis genug."
„Sie war meine Freundin, wir haben Schluß gemacht, und ich hatte Angst, daß da was auf mich zukommt, wenn man weiß, daß ich auch mit dieser Bahn gefahren bin."
Der Hauptmann überging das.
„Und jetzt gleich zügig weiter. Sie sind Samstagabend hinter dem Mädchen hergegangen. Inzwischen wissen wir von ihren Eltern, daß sie noch mal in der Stadtwohnung gewesen ist. Sie dort zu töten, wäre dumm gewesen, da wäre der Verdacht sehr schnell auf Sie gefallen. Also sind Sie ihr gefolgt, bis sie in die letzte S-Bahn gestiegen ist."
Er war an einer anderen Station eingestiegen als Annegret, doch Simosch setzte darauf, daß er nicht wußte, wo ihn die beiden, die ihn identifizierten, gesehen hatten.
„Das ist nicht wahr!" Rasch nannte akkurat die Station, an der

er zugestiegen war. „Wie sollte Annegret dort hin kommen, wenn sie von ihrer Wohnung aus zur Bahn gegangen ist?“
„Erzählen Sie mal, wie Sie dahin gekommen sind.“
„Ich habe die Zeit genutzt, einen Bekannten zu besuchen“, sagte er kühl, und sträubte sich, Name und Adresse zu nennen.
„Hören Sie, Herr Rasch, Sie stünden besser da, wenn Sie nicht vom Lügen zum Vertuschen und vom Vertuschen zum Lügen wechselten. Ich ermittle gegen Sie wegen des Mordes an Annegret Baumann, meine Kollegen ermitteln gegen Sie wegen Unterschlagung und Veruntreuung von Mitropa-Ware. Und bei Ihrem Bekannten, der ein Hehler ist, da verknüpfen sich die Fäden. Er ist bereits in polizeilichem Gewahrsam. Man war ihm schon lange auf der Spur, wollte aber noch wissen, von wem er die Ware erhält. Und da kommt am Samstagabend der Mitropa-Koch André Rasch zu ihm! In der Mitropa aber geht's auch nicht koscher zu. Sie haben den Mann gewarnt. Gewarnt, weil Annegret Baumann Ihnen auf die Schliche gekommen ist. Mit einem Dieb und Betrüger wollte sie nichts zu tun haben. Deshalb hat sie Ihnen den Laufpaß gegeben. Das Mädchen, das nur gut und böse kannte und immer in der Norm lebte! Sie hatten Angst, Annegret könnte Sie anzeigen. Also mußte der Hehler seine Ware sofort absetzen. Und gerade dabei ist er geschnappt worden. Das Leben kann auch ironisch sein! Er hat übrigens gestanden. Und genau das sollten Sie jetzt auch tun.“
„Ja“, sagte Rasch mit dünner Stimme, „sie haben recht. So ist es gewesen.“
„Dann sind Sie mit der letzten S-Bahn gefahren, haben dort das Mädchen wiedergetroffen . . .“
„Das ist nicht wahr! Ich habe sie nicht mehr gesehen! Ich habe sie nicht umgebracht! Ich . . .“
Er schnappte nach Luft.
„Sie haben Annegret nicht getroffen? Wen haben Sie getroffen? Wen haben Sie gesehen?“ Simosch sprach sehr laut, brüllte die letzten Worte, um vorzudringen in André Raschs Bewußtsein, das verdämmern wollte.
Raschs Blick wurde langsam klar. In der Tiefe seiner Augen

glommen Pünktchen. Die Hoffnung eines Ertrinkenden, dem man einen Ring zuwirft! Ein kleiner, jämmerlicher Laut, dann formten sich die Worte.
„Ein Mädchen ... Ich weiß ihren Namen nicht. Im Panonia-Expreß. Speisewagen. Sie hat mich erkannt in der S-Bahn, hat zurückgegrüßt. Sie müssen sie finden."
Er lachte, das Gesicht verzerrt. Sein Körper bebte. Als das Lachen in Schluchzen überging, legte Simosch ihm die Hand auf die Schulter. „Klar werden wir sie finden", sagte er.

Die erste Bahn des Tages fuhr in S. ein. Türen surrten auf, Menschen drängten zum Ausgang, einige gähnten. Der Mann mit dem Schlapphut schlurfte auf die Toiletten zu.
„Guten Morgen, Schielewipp!"
Schielewipp musterte die hagere Gestalt, die ihn aufgehalten hatte, blickte in wache, fröhliche Augen und sage: „Nee-dich-kenn-ich-nich. Guten Morgen", und wollte weitergehen.
„Leutnant Olbricht. Kriminalpolizei. Mordkommission."
Schielewipp kratzte sich Hinterkopf und Nacken, schob seinen Hut dahin, wo er sich eben gekratzt hatte, und sagte nachdenklich: „Na-ich-leb-ja-wohl-noch."
„Ganz zu meiner Freude", erwiderte Olbricht. „Seien Sie so nett und zeigen Sie mir Ihren Personalausweis."
Aus den Tiefen seiner Manteltaschen kramte Schielewipp nach geraumer Zeit den Ausweis hervor, reichte ihn wortlos dem Leutnant.
„Penzke heißen Sie also. Otto Penzke. Aber der Ausweis ist schon lange ungültig."
Schielewipp quittierte beide Bemerkungen mit gleichgültigem Schweigen.
„Kommen Sie Herr Penzke. Wir fahren mit dem Wagen zurück in die Stadt. Ins Präsidium."
„Und-das-solln-guter-Morgen-sein?"
Mit dieser Bemerkung war Schielewipps Protest erschöpft. Olbricht brachte ihn zu Hauptmann Simosch. Otto Penzke beantwortete alle Fragen mit Gelassenheit und leichtem Erstaunen. Die Kriminalisten aber hatten Mühe, seine Einwort-

sätze zu verstehen, und waren nie ganz sicher, wen er eben fixierte, da sein rechtes Auge nie dahin blickte, wo das linke hinsah.
„Eine Zeitlang", sagte Simosch, „haben Sie nicht in der letzten Bahn geschlafen. Und zwar seit jener Nacht, in der in einem Abteil das Mädchen getötet wurde. Sie wissen, wovon ich spreche."
Schielewipp zog den Ärmel seines Lodenmantels unter der Nase lang und schnüffelte.
„Sie hätten zu uns kommen sollen, Herr Penzke."
Er zuckte die Schultern und schnüffelte noch einmal.

Noch nie hatte Schielewipp so unruhige Zeiten durchlebt wie seit jener Nacht im Lumpensammler. In der Stadt stolperte einer in sein Abteil, klammerte sich an ihn, riß ihn faßt mit zu Boden. Schielewipp, aus traumschönem Schlaf erwacht, hob den Betrunkenen auf, setzte ihn auf die Bank und sagte: „Nu-laß-mich-aber-schlafen."
Ein paar Stationen weiter fühlte er etwas Schweres an der Schulter und wurde wieder wach. Laut schnarchend lehnte der Betrunkene gegen ihn. Schielewipp schob ihn ans andere Ende der Bank und drückte ihn gegen das Fenster.
An der Endstelle aber, da wurde Schielewipp von einem Schrei aus dem Schlaf gerissen. Einem Schrei, wie er ihn von einem Menschen noch nicht gehört hatte. Erschrocken trat er auf den Bahnsteig. Ein Ehepaar lief zum Aufsichtshäuschen. Die Frau schrie nicht mehr, hing aber wimmernd am Arm ihres Mannes. Der Betrunkene aus Schielewipps Abteil wankte den Zug entlang, blieb plötzlich stehen und starrte durchs Fenster, riß die Tür auf, stöhnte, würgte. Dann taumelte er zur nächsten Bank.
Inzwischen war auch Schielewipp herangekommen. Er sah das tote Mädchen. Er lief davon. Keine Minute zu früh. Hinter ihm wurden Stimmen laut.
In der kommenden Nacht schlief er in einer Scheune, irgendwo hinter O. Der Schreck saß ihm noch immer in den Gliedern, und er mied einen Tag lang die Menschen. Dann

aber entschloß er sich zu einer ungewöhnlichen Handlung: Er gab einen und einen halben Groschen aus und kaufte sich eine Zeitung. Kein Wort über das tote Mädchen im Lumpensammler! Doch alle, die an jenem Abend mit der letzten Bahn gefahren waren, sollten sich bei der Polizei melden. Gar nicht dumm, die Jungs, dachte Schielewipp, hangeln sich von Fahrgast zu Fahrgast, bis sie ihn haben, den Gesuchten.
Die Idee, selbst bei der Polizei vorzusprechen, kam ihm nicht. Doch daß er sich vorübergehend nach einer anderen Übernachtungsmöglichkeit umsehen mußte, war ihm klar. Sobald ein wenig Gras über die Angelegenheit gewachsen war, wollte er zurückkehren.
Diesen Zeitpunkt habe er leider zu früh gewählt, sagte er zu Simosch, mit einem bedauernden Blick auf Leutnant Olbricht.
Schielewipp stammte aus dem Sächsischen. Inmitten einer vielköpfigen, bienenfleißigen Familie war er allen Erziehungs- und Vorbildtheorien zum Trotz zu einem Spieler und Taugenichts herangewachsen und eines Tages aus dem Haus gegangen. Eltern und Geschwister hofften, er werde seinen Müßiggang ablegen, wenn er erst einmal auf sich selbst gestellt sei. Nicht, daß Schielewipp dumm gewesen wäre, er wollte nur das Leben ausschließlich für die Dinge nutzen, die ihm Spaß machten. Spaß fand er am Reisen und am Kartenspiel. Also zog er durch die Heimat, und fast in jeder Kneipe fand er Spielwillige. Er spielte vorsichtig, ohne große Verluste und ohne jemandem das Fell über die Ohren zu ziehen.
Als friedfertiger Mensch fiel er polizeilich nicht auf, mied die Großstädte, wo ihm das Leben zu hektisch war und wo es in den Kneipen schnell zu Zwistigkeiten kam, die die Polizei herbeilockten. Schielewipp graste die Randgebiete ab, ruhige, anständige Gaststätten, in denen nach Feierabend ein wenig gespielt wurde, fühlte sich wohl in sonnendurchfluteten Wäldern und an Seen, streifte durch Kleingarten- und Ferienanlagen mit Bungalows. Irgendeiner stand immer frei. Den belegte Schielewipp. So ging das einen ganzen Sommer lang. Im Herbst aber steckte ihm einer die Sache mit der S-Bahn als

Schlafstätte. Schielewipp versuchte es und fand Gefallen daran. So kam er über den Winter. Und nun, im Frühling, hatte jemand ein Mädchen getötet. In seiner S-Bahn!
„Das-ist-doch“, sagte er empört, „als-wär's-in-meinem-Schlafzimmer-passiert.“
„Erinnern Sie sich an den Betrunkenen, der Sie in der Bahn belästigt hat?“ fragte Simosch.
Von belästigt habe er aber nichts gesagt, verwahrte sich Penzke, sowas könne jedem mal passieren. Natürlich erinnere er sich.
„Beschreiben Sie den Mann. Wie hat er ausgesehen?“
„Wie'n Pferd . . .“
Noch während Otto Penzke sprach, stellte Olbricht eine Kollektion Fotos zusammen. Auf Simoschs Zeichen hin, breitete er sie aus.
„Ist er unter diesen Hübschen?“ fragte der Leutnant.
Penzke hob jedes Foto dich vor sein linkes Auge. Plötzlich grinste er.
„Herzbube sticht.“
Es war das Abbild von Ranko Köpp.

Sie fanden das Mädchen, das André Rasch im Mitropawagen des Panonia-Expreß aufgefallen war und dem er Samstagnacht in der S-Bahn wiederbegegnete. Sie erinnerte sich an ihn. Ja, sagte sie, er sei in letzter Sekunde ins Abteil gesprungen, obwohl der Zug doch lange gehalten hatte. Sie grüßten sich, sprachen aber nicht miteinander.
„Er sah müde aus“, sagte das Mädchen, „und bekümmert. Es hätte mich bloß deprimiert, mit ihm zu sprechen.“
„Wieviel Stationen ist er gefahren?“
Sie überlegte, sagte: „Drei. Ich bin eine nach ihm ausgestiegen.“
„Warum haben Sie sich nicht bei uns gemeldet? Lesen Sie keine Zeitung?“
„Doch. Aber ich dachte, das gilt nur für Leute, die wirklich was Aufregendes gesehen oder erlebt haben in der Bahn. Was hätte ich Ihnen denn erzählen können? Daß ich drei Stationen

mit einem schläfrigen Mitropa-Koch gefahren bin. Wie dramatisch!"

„Sie hätten uns und ihm eine Menge Probleme erspart", sagte Simosch und entließ das Mädchen.

In seinem Notizbuch strich er den Namen André Rasch, samt Ausrufe- und Fragezeichen und zog einen Strich durch die Buchstaben *Köpp*. Köpp hatte bis O. in Schielewipps Abteil geschlafen. Berauscht bis zur Besinnungslosigkeit. Die schreiende Frau brachte ihn auf die Beine. Er guckte genau wie sie in das Abteil, in dem das tote Mädchen lag. Dieser Anblick grub sich ein in sein Unterbewußtsein. Er wußte, daß sie erstochen worden war. Eine Erkenntnis, die Simosch nur der Polizei und dem Mörder zugestehen wollte.

In Simoschs Notizbuch stand noch, unterstrichen: *Christian Warkentin*. Und: Unbekannt. Einer von beiden war der Mörder. Warkentin konnte den Kriminalisten nicht entwischen. Unbekannt mußte Simosch noch finden. Hinweise hagelte es weiterhin. Die Sonderkommission prüfte und suchte und wurde nicht fündig.

Unterschiedlich reagierte die Bevölkerung auf den Mord und die bisher ergebnislose Suche nach dem Täter. Die kriegen den schon, meinten die einen, andere schmähten die Polizei, weil der Mörder noch nicht hinter Schloß und Riegel saß. Ängstliche gab es, die sich im Dunkeln nicht mehr auf die Straße oder in die S-Bahn trauten und solche, die Ängstlichkeit vortäuschten, um sich vor der Spät- oder Nachtschicht zu drücken.

Hauptmann Simosch rief den Richter an, der für Christian Warkentin Stadtverbot angeordnet hatte. Er brauche den Jungen, sagte er. Diesmal wollte er ihn ins Präsidium holen.

Sein nächster Anruf ging nach O. Die schwere, sorgenvolle Stimme des Leiters der VP-Dienststelle kannte er schon. Warkentin in die Stadt? Da willige er nur ungern ein. Sondergenehmigung des Gerichtes? Na, gut. „Aber allein lass' ich ihn nicht fahren. Ich lasse ihn hinbringen."

„Nicht nötig", erwiderte Simosch schnell, „wir holen ihn ab."

12. „Sie wünschen?“

Argwöhnische Augen musterten den Hageren, der an Frau Meinerts Tür geklopft hatte. Die Begutachtung fiel nicht zu seinen Gunsten aus. Er merkte es an ihrem verkniffenen Mund.

„Herrn Christian Warkentin“, sagte Leutnant Olbricht, „den wünsche ich.“

Er zog seinen Ausweis, doch sie bemerkte es nicht. Sie starrte auf den Wagen, aus dem er gestiegen war. Er stand mit der Breitseite zum Haus, und sie konnte das Nummernschild mit dem VP-Zeichen nicht sehen.

„Der Junge darf mit bestimmten Personen keinen Umgang haben“, sagte sie spitz.

Oben wurde die Tür geöffnet. Christian Warkentin kam zur Treppe.

„Meinetwegen“, sagte er belustigt zu Frau Meinert, „können Sie ihn wegschicken. Ich schätze, er möchte mit mir in die Stadt fahren.“

Olbricht hielt seinen Ausweis noch immer in der Hand, nickte und wollte sich Warkentin vorstellen, doch Frau Meinerts Empörung ließ es nicht dazu kommen.

„In die Stadt? Verschwinden Sie, sage ich Ihnen! Der Junge ist auf dem Weg der Besserung, und ich dulde nicht, daß Sie ihn zu so einer Sache verführen . . .“ Ihre Stimme war eine Mischung aus Gift und Besorgnis.

„Nicht verführen“, erwiderte Olbricht, „sondern zuführen. Einer Dienststelle der Volkspolizei.“

Jetzt hielt er den Ausweis so, daß sie mit der Nase darauf stieß.

„Polizei? Schon wieder?“ Ihr lauernder Blick glitt von Olbricht zu Warkentin und blieb an dem Jungen hängen. „So steht das also um Sie, daß hier die Polizei ein- und ausgeht!“

„Ich bin eben eine wichtige Person“, sagte Warkentin kalt. Und zu Olbricht: „Brauche ich meine Zahnbürste?“

„Lassen wir’s drauf ankommen. Notfalls besorgen wir Ihnen eine.“

„Heißt das, er bleibt länger?“ Neugierige Augen näherten sich Olbrichts Gesicht. „Sie – verhaften ihn?“

Triumph klang in ihrer Stimme und ein leises Bedauern. Verhaften wäre sicherlich dein Verdienst, dachte Warkentin geringschätzig, aber du bist niemand mehr, wenn ich weg bin und dein Leben wäre wieder fad.
„Das alles weiß ich selbst noch nicht", sagte Olbricht.
„Ach was!" Enttäuscht trat Frau Meinert zurück, den Blick scharf auf den Leutnant gerichtet. „Da war aber der Hauptmann ein ganz anderer Kerl! Der wußte genau, was er wollte. Er hat auch mit mir gesprochen."
Olbricht lächelte und ging mit dem Jungen zum Wagen.
„Darf man hier rauchen?" fragte Warkentin, als sie ein Stück gefahren waren.
Nachdenklich spitzte Olbricht die Lippen.
„Dürfen Sie es denn in Ihrem Palast?"
„Frau Meinert würde Lungenkrebs kriegen", sagte Warkentin.
„Dann mal los. Glimmstengel haben Sie hoffentlich. Ich bin passionierter Nichtraucher."
Warkentin zog eine zerdrückte Schachtel aus der Tasche, bohrte den Finger hinein.
„Von der Mehrzahl reden", sagte er, „heißt übertreiben."
Er zündete die Zigarette an, knautschte die leere Schachtel in die Tasche zurück und rauchte hastig. Die Landschaft, die sie durchfuhren, war ihm unbekannt. Felder, Wald, hin und wieder eine Ortschaft, Bungalows. Dann die Vorstadt. Olbricht bremste vor einem Tabakwarengeschäft.
„Treiben Sie bißchen Vorratswirtschaft", riet er dem Jungen, und sie stiegen aus.
Warkentin blickte die Straße entlang. Ihn beschlich das Gefühl, eine bereits erlebte Situation wiederhole sich.
Tabakwaren und Alkohol.
„Na, Leute, das ist doch wohl eine Nummer zu klein für uns", hatte er gesagt. „Guckt mal dahin."
Sie waren zu dritt, und drei Augenpaare lasen: *Foto-Optik*, starrten in den Auslagen die Fotoapparate an, das Zubehör, Vergrößerungsapparat und Filmkamera.
„Das?" fragte einer ungläubig und nicht ohne Angst.

„Das", erwiderte Warkentin. Er lief auf das Geschäft zu, einen Eckladen, zwei Häuser von *Tabakwaren und Alkohol* entfernt. Es muß hier gewesen sein, dachte Warkentin. Die Auslagen sind jetzt moderner, die Information *Foto-Optik* in Leuchtschrift.
Sie waren ihm gefolgt. Er wußte, sie zitterten ebenso wie er, und ebenso wie er würden sie ihr banges Gefühl nicht zeigen. Einem von ihnen widerstand kein Schloß, und sie huschten in den Verkaufsraum, duckten sich hinter Regalen, sobald Autos oder Motorräder um die Ecke bogen und ihre Scheinwerfer sekundenschnell den Raum ausleuchteten. Nur Warkentin verbarg sich nicht. Er zog einen weißen Kittel über, räumte Fotoapparate vom Regal und wischte Staub. Ein Angestellter, der in einer Sonderschicht den Laden säubert.
Es war ihr erster Bruch, und schon beim erstenmal hatte er es geschafft, die Führung zu übernehmen. Weil er seinen Kopf benutzt hatte, wo andere nur schnell mit den Fingern waren!
Leutnant Olbricht beobachtete den Jungen. Irgendwas war los mit dem. Wollte er sich davonmachen? Dazu hätte er in O. seit Tagen Gelegenheit gehabt. Und wohin davonmachen? Wer in Panik gerät, stellt solche Fragen nicht. Olbricht wollte dem Jungen ersparen, einen Fluchtversuch melden zu müssen. Er packte ihn am Arm und zog ihn in den Tabakladen. Warkentin deckte sich mit Zigaretten ein, dann fuhren sie weiter.
Das alles, dachte Christian Warkentin, ist vor hundert Jahren geschehen. Oder einem anderen. Aber er hatte die Folgen zu tragen. Er würde sie tragen, bis er eines Tages die Sünde seiner Jugend hinter sich gebracht hatte – den Geltungsdrang.
Vor der Polizei und vor dem Richter war immer wieder die Frage aufgetaucht, warum. Warum nur? Hatte er nicht alles, was er brauchte? Sogar ein intaktes Elternhaus? Und gute Leistungen in der Schule. Eine Zwei in Betragen. Hinter Sport aber stand: 4. Ungenügend. Er werde den Leistungen nicht gerecht, sagte der Lehrer. Die Mitschüler hänselten ihn. Wie dumm und ungerecht sie waren! Nur, weil er die Beine nicht über den Barren kriegte und am Reck wie ein Mehlsack hing, johlten sie. Johlte er vielleicht, wenn jemand im Unterricht ein

Werkstück vermurkste? Oder den Tiber für einen afrikanischen Grenzfluß hielt? Der Lehrer hätte den Johler zurechtgewiesen. Der Sportlehrer wies niemanden zurecht. Der grinste selbst, wenn Warkentin wie eine reife Frucht von der Kletterstange fiel.
Mit einemmal aber war Christian Warkentin geachtet. Seine beiden Kumpels sorgten dafür, umgaben ihn mit geheimnisvollem Fluidum. Ihr könnt bloß euern Arsch bewegen, sagten sie zu den Spöttern, weil ihr nichts im Hirn habt, das sich bewegen ließe. Der Christian ist einer mit Köpfchen . . .
Er blieb der Anführer der Dreiergruppe. Sie stahlen, um Mut und Können und Geschicklichkeit zu beweisen. Warkentin behielt kaum etwas für sich. Ihm genügte die Anerkennung. Als er Kerstin kennenlernte, fühlte er, daß er aufhören müßte. Er konnte nicht. Eingekeilt wie ein Fahrer im Pulk, gab es kein Ausbrechen. Er wurde unzufrieden, ohne es zu wissen. Aus Unzufriedenheit beging er einen Fehler. Sie wurden geschnappt. Er atmete auf. Doch er wußte auch das nicht. Die Erkenntnis darüber kam später, im Gefängnis, als er sicher war, daß Kerstin wartete.
Man scheitert nicht an der Umwelt, sagte er, sondern nur an sich selbst. Aber ich habe mich im Griff. Als er seine Auflagen erfuhr, die Wohnung sah, die Wirtin kennenlernte, kamen ihm leise Zweifel an seiner These. Er nahm sich zusammen, stand durch. Bis Kerstins Besuch ausblieb. Und dann mußte ausgerechnet Annegret Baumann in der S-Bahn sitzen!
„Eingeduselt?“ fragte Olbricht. „Kommen Sie, wir sind da.“
Er führte Warkentin ins Präsidium.
Sie können mir nichts nachweisen, dachte Warkentin. Ich darf mich nur durch nichts und niemanden ins Boxhorn jagen lassen, dann komme ich ungeschoren davon.

Christina Simosch empfing ihren Mann im Abendkleid.
„Ach, du rauschende Ballnacht!“ sagte Simosch erschrocken. „Ich hab's vergessen!“
„Jetzt weißt du's ja wieder. Und für deine Verwandlung liegt alles bereit.“

„Ich habe Hunger."
„Komm gleich in die Küche."
Sie setzte sich zu ihm, strich Brote, schenkte Tee ein, sagte, daß es die *Fledermaus* sei, für die er sich opernfein zu machen habe.
Aber das habe er doch seit langem gewußt!
Und seit ebenso langer Zeit wieder vergessen, erwiderte sie schmunzelnd.
Er duschte und zog sich um. Sie fuhren in die Oper, und er dachte, ein Mann, der ein Mädchen erstochen hat, läuft frei herum, aber der Leiter der Sonderkommission fährt in die Oper.
Er dachte es laut, und Christina erwiderte: „Vielleicht bist du einfach betriebsblind geworden."
Sie kamen spät, hatten Mittelplätze, und ein Dutzend Leute erhoben sich, um sie durchzulassen.
„Danke", flüsterte Simosch, „Entschuldigung. Danke."
Die Ouvertüre wogte auf, schwemmte Simoschs Sorgen fort. Sie kehrten wieder, während sich in der luxuriösen Villa Eisenstein die Ereignisse zuspitzten und hindeuteten auf kommende Verwicklungen.
Die Handlung interessierte Simosch nicht. Er lauschte der Musik und war in Gedanken bei dem Unbekannten, der sich nicht finden ließ. Am Ende des ersten Aktes aber folgte dem liebenswürdigen Gefängnisdirektor der Falsche in die Zelle. Das kriegte Simosch mit.
Während des turbulenten Trink- und Tanzfestes beim Prinzen Orlofsky hing Simosch wieder seinen Gedanken nach, die zu nichts führten. Doch sie glitten leichter, angenehmer dahin als am Schreibtisch ohne Musik von Johann Strauß.
Duidu, duidu, tralalala . . .
Dann ist auf der Bühne auch diese Nacht zu Ende. Das Tagewerk beginnt. Für Frosch, den Gefängniswärter ebenso wie für seinen Direktor Frank. Beide trauen ihren Augen nicht, als Eisenstein kommt, um seine Haftstrafe anzutreten. Der sitzt doch längst in der Zelle! Den haben sie doch schon . . .
Simosch stutzte.

Der sitzt längst in der Zelle. Den haben sie. – Wir haben ihn schon!
Simosch sprang auf. Christina faßte seine Hand, zog ihn zurück, konnte seine Unruhe nicht besänftigen. Er sitzt. Wir suchen einen, den wir längst haben! Das perfekte Versteck für einen Verbrecher: die Zelle.
Er flüsterte Christina zu: „Stimmt, ich war betriebsblind."
Dann mußten sich während der Vorstellung zwölf Opernbesucher von den Plätzen erheben, um Simosch den Weg freizugeben.
Wir haben ihn!
Simosch saß längst im Präsidium an seinem Schreibtisch, durchforschte Notizen und Vernehmungen, während Christina in der Oper mit einem kleinen spöttischen Lächeln den Schlußklängen der *Fledermaus* lauschte. Glücklich ist, wer vergißt, was doch nicht zu ändern ist ...
Gegen drei Uhr morgens schob Simosch alle Schriftstücke beiseite und warf sich auf die Liege. Er wußte jetzt, wen er all die Zeit über gesucht hatte.

Das Dorf entzog sich ihm. Frau Meinert sagte und fragte nichts mehr, verschwand in ihr Zimmer, wenn er das Haus betrat. Bekannte, die er unterwegs traf, blieben ihm den Gegengruß schuldig. Andere gingen ihm aus dem Weg. In der Werkstatt sprachen sie nur das Nötigste.
Uwe flüsterte ihm zu: „Hab Geduld, bis alles geklärt ist."
Was geklärt? Ob er ein Mörder war. Sie tuschelten ihr Urteil hinter seinem Rücken, schrien es ihm durch ihr Schweigen ins Gesicht. Warum, fragten die Vorsichtigen, hat man ihn nicht im Präsidium behalten? – Sie sammeln noch Beweise. Er wird bald abgeholt. Du wirst schon sehen ... Der hat doch schon mal jemanden umgebracht, hab ich gehört.
Es muß mich gleichgültig lassen, dachte Christian Warkentin. Ich ignoriere ihre Ignoranz. Wenn nicht eintritt, worauf sie warten, werden sie ihr vorschnelles Urteil vergessen. Es wird nicht eintreten.
In seiner Einsamkeit wiederholte Warkentin wieder und wie-

der Simoschs Fragen. Alles ließ darauf schließen, daß die Polizei ihn verdächtigte, daß sie zu wissen glaubte, aber keinen Beweis gegen ihn in Händen hielt. Doch diesen Hauptmann Simosch durfte er nicht unterschätzen. Der gehörte zu denen, die nicht aufgeben. Wie Christian Warkentin.

Es kommt nichts mehr, dachte er, und verließ sich darauf, daß er sich vor den Kriminalisten gut verteidigt habe. Auf jede Frage dieselbe Antwort: Ich bin nicht in der Stadt gewesen. Dann Schweigen. Er hatte seine Chance, ein neues Leben zu beginnen, mit Schweigen verteidigt. Da war keiner durchgekommen. Auch Hauptmann Simosch nicht.

Am nächsten Tag spuckte jemand vor Warkentin aus. Abends lauerten sie vor seiner Tür. Die Meinerten ging hinaus und vertrieb sie, nicht ihm zuliebe, sondern weil es ihr Anwesen war, ein ehrbares, anständiges Haus, vor dem niemand herumzulungern hatte. Wenn da ohne ihre Schuld einer einquartiert worden war, der ... Die Polizei würde das schon in Ordnung bringen.

Zum erstenmal, seit Christian Warkentin in Freiheit war, verließ ihn der Mut. Ich steh's nicht durch, dachte er, das hier nicht, und die Zelle erst recht nicht. Am schlimmsten war die Trennung von Kerstin. Bis auf weiteres sollte er sich der Polizei zur Verfügung halten und keinerlei Besuch empfangen, auch seine Freundin nicht.

Dieser Simosch weiß, daß Kerstin der Strohhalm ist, an den ich mich klammere, dachte Warkentin. Der reißt mir den letzten Halt noch weg, will mich kirre machen. Aber ich geh nicht zurück, lieber ...

Hauptmann Simosch traf am frühen Morgen in O. ein. Wer auf dem Weg zur Arbeit war und noch ein wenig Zeit hatte, lief wieder zum Meinertschen Anwesen. Da bog Simosch ab, fuhr zum Leiter der Polizeidienststelle und nahm ihn mit zu Frau Meinerts Haus. Der Oberleutnant zerstreute die Ansammlung, schickte die Leute zur Arbeit.

Christian Warkentin stand barfuß auf dem Flur und kippte eben sein Waschwasser in den Eimer. Simosch sprang die Treppe hoch, zog ihn ins Zimmer.

„Schnell, Christian“, sagte er, „ziehen Sie sich an. Ich brauche Sie.“
Warkentin merkte auf. Der Ton traf ihn. So sprach kein Polizist. So sprach jemand, der Hilfe brauchte. – Aber er ist Polizist!
Warkentin schwieg.
„Ich habe ihn“, sagte Simosch, „habe Annegret Baumanns Mörder! Und Sie sind der Einzige, der ihn identifizieren kann.“
Keine Finte. Zurück in den Knast oder einem Mörder den Rücken decken. Welche Alternative!
Simosch legte ihm ein Foto vor: Das Abbild des Mannes, den er in Annegrets Abteil gesehen hatte. Er war Annegrets Mörder. Woher nahm der Hauptmann die Sicherheit, daß ausgerechnet er ihm helfen würde, diesen Mann zu fassen? Das weiß er doch auch: entweder meine Freiheit oder meine Aussage. Ich will frei sein.
„Er kann wieder morden“, sagte Simosch.
Mich! schrie Warkentin in Gedanken. Mich wird er umbringen. So oder so.
„Ich weiß, Sie werden mir helfen.“ Simosch sprach ruhig und eindringlich. „Sie haben mit Ihrer Vergangenheit abgerechnet und können Ihr neues Leben nicht damit beginnen, einen Mörder zu schützen.“
Warkentin hockte sich auf die Liege, kroch ganz in sich zusammen. Der macht mich fertig, dachte er, der sagt mir ins Gesicht, was ich denke. Noch einmal stemmte er sich gegen Simosch.
„Vor allem habe ich mein neues Leben damit begonnen, keine Auflage zu verletzen.“
Simosch setzte sich zu ihm, suchte seinen Blick, hielt ihn fest. „Christian“, sagte er, „wir beide haben jetzt eine große Verantwortung.“
Warkentin schlug mit den Fäusten auf seine angewinkelten Knie, brüllte: „Ich geh nicht zurück!“
„Nein“, sagte Simosch, „Sie kommen jetzt mit mir, Annegrets Mörder identifizieren, und dann setze ich mich bei Gericht

ein für Sie. Wer soll denn Interesse daran haben, Ihnen Ihr Leben zu verbauen, weil Sie in einer Notlage Ihre Freundin besucht haben!“
Warkentin ertrug Simoschs Blick nicht mehr, preßte die Fäuste gegen die Augen. Jetzt vertrauen können! – Einem Bullen vertrauen! Ist es soweit gekommen mit dir, Warkentin?
„Sie wissen, daß ich mein Wort halte, so wie ich weiß, daß Sie mit Ihrer Vergangenheit abgerechnet haben. Auch das Gericht ist davon überzeugt, und inzwischen hat es auch der Oberleutnant von O. kapiert, der Ihnen harte Bandagen angelegt hat, die vorläufig auch nicht gelockert werden. Bis auf die Wohnung. Sie kommen raus hier, in eine kleine, aber menschenwürdige Einraumwohnung. – Und nun ziehen Sie sich an.“ Er erhob sich und warf dem Jungen ein Hemd zu.
Langsam, mit gesenktem Kopf stand Warkentin auf – sackte zurück, schlaff, gelöst, drückte das Gesicht in sein zerknülltes Hemd und schluchzte.
Später, in Simoschs Wagen, fragte der Junge: „Wenn Sie ihn schon haben, wenn er schon im Gefängnis sitzt, wieso muß ich ihn dann noch identifizieren?“
„Noch habe ich ihn nicht“, erwiderte Simosch, „er hat das Gefängnis als Versteck benutzt, hat nach dem Mord einen Kiosk geknackt, sich erwischen und auf Nummer Sicher bringen lassen.“
„Aber für Sie war ich der Mörder.“
„Sagen wir, ich habe Sie aus dem Kreis der möglichen Täter nicht ausgeschlossen. Je verbissener Sie abstritten, in der letzten S-Bahn gewesen zu sein, um so überzeugter war ich, daß Sie lügen. Sie waren entweder der Mörder oder derjenige, der ihn in Annegrets Abteil gesehen hatte und uns nicht helfen wollte – aus Angst, sich die Bewährung zu versauen.“
„Warum darf mich Kerstin nicht mehr besuchen?“ fragte Warkentin.
„Das war eine Anordnung auf Zeit. Möglicherweise hätte sie Ihnen zugeredet, Ihre Stadtfahrt auf jeden Fall zu verschweigen. Sie hat auch mich ganz tapfer belogen. Ich wollte, daß Sie nur Ihr Gewissen befragen, um eine Entscheidung zu treffen.

Sie haben sich entschieden. Ihre Freundin darf Sie von mir aus jederzeit besuchen."
In einem gesonderten Raum des Untersuchungsgefängnisses stand Christian Warkentin mehreren Personen gegenüber. Er glaubte, den Mann zu erkennen, war aber nicht ganz sicher.
„In der S-Bahn", sagte er, „hatte er den Kopf gesenkt und schlief."
Auf Simoschs Geheiß hin, senkten die Männer die Köpfe, schlossen die Augen. Jetzt wußte Warkentin, daß er sich nicht geirrt hatte. Draußen bezeichnete er Simosch den Mann.
Er hatte Ralf Jüttner als Annegrets Mörder identifiziert.

Wieder saß der grobschlächtige Kerl vor Hauptmann Simosch, noch immer aknepickelig. Ein glückloser Mensch. Ungeliebt.
Manchmal, sagte Jüttner, habe er versucht, jemandem Zuneigung abzulisten: den Kumpels, die er freihielt, Mädchen, denen er Geschenke machte, Geld bot, damit sie mit ihm schliefen. Im Dunkeln, wenn sie ihn nicht sahen, nur seine Zärtlichkeit, sein Liebesbedürfnis fühlten, da vermochte er durchzudringen zu ihnen. Da wurden sie empfindsam und aufgeschlossen. Hinterher gab es oft Enttäuschungen. Was macht's, sagte Jüttner, das habe er allemal verkraftet, nachdem er was gehabt hatte davon. Das Mädchen in der S-Bahn aber hatte ihn schon vorher enttäuscht.
„Sie wollten mit ihr schlafen?" fragte Simosch.
Jüttners leerer Blick glitt an ihm vorbei. Wie damals, als Jüttner freimütig, aber gleichgültig den Kioskeinbruch gestand, spürte Simosch, daß seine Worte nicht das Wesentliche waren. Hinter ihnen verbarg sich etwas Triebhaftes, das von Anfang an in ihm gewesen war und sich nicht zivilisieren ließ.
„Reden wollt ich mit ihr", sagte Jüttner, „nur reden."

Er war betrunken, und er war eingeschlafen. Als er erwachte, erhob er sich, torkelte durch den Wagen, suchte Gesellschaft. Er sah Annegret und setzte sich ihr gegenüber.
„Dich kenn ich. Bist 'n hübscher Käfer."

„Lassen Sie mich in Ruhe! Scheren Sie sich weg!"
„Du dressierst Hunde", sagte Jüttner, „ich mag auch Hunde." Sein Atem, ein Gemisch aus Alkoholdunst und Mundgeruch, schlug ihr ins Gesicht. Angeekelt wehrte sie Jüttner ab. Noch gab er nicht auf. Sein alkoholumnebeltes Hirn sagte ihm, er müsse Liebe machen mit ihr, dann werde auch sie sanft werden und zugänglich und mit ihm reden.
Als er sie anfaßte, schlug Annegret zu, mit dem Riemen ihrer Schultertasche, kurz und hart, wie man einen Hund schlägt, der nicht pariert. Und genau so fühlte Jüttner sich in diesem Augenblick. Annegret hatte den Abgrund in ihm aufgewühlt, und was daraus hervorbrach, vermochte sie nicht zu bändigen.

In der Tageszeitung stand, die Volkspolizei danke allen Bürgern für ihre Hinweise. Der kürzlich in der Presse abgebildete und im Zusammenhang mit dem Mord an Annegret Baumann gesuchte Mann sei gefunden und das Verbrechen geklärt worden. Die Bürger von O. lasen diese Nachricht mit Verwunderung und wußten den Fakt nicht zu deuten, daß der vorbestrafte und von der Polizei mehrmals abgeholte Christian Warkentin zurückkehrte. Als sich herumsprach, daß der Täter ein gewisser Ralf Jüttner sei, wohnhaft wenige S-Bahn-Stationen von O. entfernt, wurden die einen wieder freundlich zu Warkentin, die anderen gingen ihm noch eine Weile aus dem Weg. Frau Meinert bedauerte, daß Warkentin auszog. So ein netter junger Mann! Der werde ihr fehlen. Sie habe ja schon immer gesagt, der Christian Warkentin, der schaffe es, der finde seinen Weg.
Simosch sah Ranko Köpp vor sich, betrunken, mit verschlagenen Schweinsäuglein, den er verdächtigt hatte, in ähnlicher Raserei wie Jüttner das Mädchen getötet zu haben; sah André Rasch, den Schönling mit der schmutzigen Weste, erinnerte sich an den Zupper Oliver Pfau und den Penner Schielewipp, an die grippekranke, an Herz und Verstand aber sehr gesunde Kerstin Rieger und dachte an Christian Warkentin, der den Blechnapf hinter sich gelassen hatte. Sie alle mußte Simosch verdächtigen, beleidigen, mußte ihnen weh tun, sie in seeli-

schen Aufruhr stürzen, zur Verzweiflung treiben, um die Wahrheit zu finden.
Simosch wußte, obwohl niemand danach fragen würde, auch das kam auf das Schuldkonto des Mörders.